水の都

JuNzo
ShOnO

庄野潤三

P+D
BOOKS
小学館

目次

水の都

一

必ずしも商家に限らないが、古い大阪の街なかの空気を吸って大きくなった人に会って、いろいろ話を聞いてみたらどうだろう。

おじいさんかおばあさんのいる家なら、なおいい。

——去年の十二月のはじめに、所用で大阪へ出かけて、中之島のホテルに泊った。その翌日、近くを妻と散歩しているうちに、思いがけず戦災に会わなかったいくつかの建物を見かけたのが、どうやらきっかけとなったらしい。年が明けてから、時折、そんなことを考えるようになった。自然、口にも出す。

或る日、いつものように昼御飯を食べ終って掘り炬燵で一服していると、妻が、

「悦郎さんに会ってみたらどうかしら」

といった。

悦郎さんというのは、妻のひとつ年下の従弟で、父親は小さい頃に亡くなったが、高麗橋で茶道具屋をしていたお祖父さんのあとを嗣いで、これまで商売を続けている。いまは芦屋にいる。

「もうずっと会っていないから、全然分らないけど。ただ、坂田のうちというのが親戚中から頼りにされていたの。何かあった時は、先ず坂田の伯父の意見を聞いてみようということになるの」

「なるほど。ジョンソン大博士のような人であったのか」

英国人は物事の判断に迷った場合、先ずジョンソン大博士がどういっているかを調べてみて、その意見に従う。そんな話を前に読んだことがある。

よけいな半畳を入れたが、妻は構わずに続けた。

「とにかく、そういう感じでした。子供だからよく分らないけど。何かあると相談に行くの。きっと頼りになったんでしょうね」

ここでひとつ附け加えておかなくてはいけない。いま、私の妻が、

「坂田の伯父」

といったけれども、本当はこれは正しくない。その名前で呼ばれるべき人は、もうこの世にいないのだから。では、どうして「坂田のお祖父さん」でなくて「坂田の伯父」もしくは「坂田の伯父さん」となったのだろう。悦郎さんには姉と妹が一人ずついる。この幼い三人の父親に代って養育を引受けたお祖父さんが、死んだ「坂田の伯父」の呼び名をそのまま引きついだというふうな想像も成り立つかも知れない。

もっとも、お祖母さんの方は、悦郎さんたちのお母さんがちゃんといるから、「坂田のお祖母さん」と呼ばれていたそうである。

「また親切な、そういう世話をよくする人だったの、坂田の伯父が。親戚中の尊敬の的だったの」

妻の父も早くに亡くなっている。

「このお祖父さんに仕込まれたんでしょう、悦郎さんは。きっと固くやって来たと思うの、商売の方は。とにかくいままで続いているんですから」

「いや、それは間違いないだろう」

毎年、年賀状をくれる。こちらも出す。それだけのつき合いではあるが、折目正しいという印象がある。

「坂田の伯父が生きているうちに会っておけばよかったんだけど。つき合いも広く、信用の厚い人だったらしいから、古い大阪のいろんな話を聞かせて貰えたでしょうね」

「仕様がない。こちらの心がけが悪かった。元気でおられる時には、まるでそういうふうに頭が働かなかったんだから」

「そうですね」

「われわれの結婚式にも出席してくれた。戦争が終って半年もたたない、万事不自由な時だから、面倒をおかけしたと思うんだけど。あれがおいくつくらいだったのかな」

「七十いくつでしたか。いちばん年上だったのね、来て下さった方の中で」

ビルが建つので芦屋へ引越すことになるまで、高麗橋に十年あまりはおられたのだから、訪ねて行けば会ってくれただろう。そのうち、こちらは東京へ来てしまった。確か八十八か九になるまで元気でおられたように聞いている。

「でもね、悦郎さんはよく覚えていると思うの。一緒にいた間が長かったから。兵隊から帰ってからお店を手伝うようになったのね」

お祖父さんと孫という間柄も心をそそるものがある。何だか唐突で、そんなことをいい出すのは気が引けるが、もし死んだお祖父さんの思い出を話して貰えるなら有難い。

「子供の時分にはよく会ったの。法事とか家びらきとかいうと、親戚がみんな寄るでしょう」

「どういうふうだった、悦郎さんの印象は」

「みんな騒ぐでしょう、一緒になると、ああいう時は。ところが、悦郎さんはいつでもしかめっ面しているような子だったの。青い顔をして」

「神経質だったのかな」

「そうですね。ちょっと取っつき難いところがあった」

そういってから妻は、

「でも、分らないわ、いまはどうなっているか。茶道具屋さんというのはお茶会の世話なんかもするんでしょう」

「いや、知らない」

「私もよく知らないけど、そういう席でお点前をしないといけないんでしょう」

「それは大変だ」

親戚の子供がみんな燥いでいる時にひとりだけしかめっ面をしていた悦郎さんでも、大人になればそうはゆかないだろう。浮世の荒波をくぐらねばならない。ましてやお得意さんあっての商売となると、なおのことだろう。

親の七光りではない、お祖父さんの七光りはあっただろう。だが、それだけによけい難しかったかも知れない。何かといえば、立派であったお祖父さんとくらべられるのではたまらない。

「あ、それからひとつ、思い出したんですけど」

と妻はいった。

「悦郎さんのところ、三人でしょう、子供が。上があさちゃん」

安佐と書くんですといって、

「下がこいちゃん。ひろというんだけど、末っ子だから。悦郎さんだけが悦郎さん、なの。坂田のうちだけでなくて親戚中がみんなそういうふうに呼ぶの。小さい時から」

「なるほど」

「大人が呼ぶ時でも子供同士で呼ぶ時でもそうなの。ほかはみな、ちゃん附けなのに」

といって、妻は幼い頃に呼んでいた通りの名前を、いくつか口に出してみせた。

「悦郎さんだけ違うの。いとこの中でもちょっと別格のようになっていたの。父が早く死んだから、跡取りという気持があったんでしょうね」

妻は従弟の悦郎さんに手紙を出した。すると、一週間くらいして、夜、電話がかかって来た。

役に立つかどうか分らないが、お目にかかりましょうという返事であった。

「二月いっぱいは割合に閑です」

と悦郎さんはいった。

その後、もう一度連絡を取って、二月二日の二時に、この前、泊った中之島のホテルのロビイで会う約束をした。こちらは妻と二人で出かける。部屋を取っておいて、そこで話を聞かせて貰うようにした方が落着いていいだろう。あとで夕御飯を一緒に食べるという段取りも決まった。私は悦郎さんに聞いてみた。

「お酒はお上りになりますか」

「頂きます。両刀使いです」

甘い物も好き、酒も嫌いな方ではないというから、心強い。

「その代り、聞いて下さい。こっちは何をしゃべったらええやら分りませんから。分ってることやったら、何でも答えます」

ついでに、お祖父さんが何か雑誌にでも書かれたものが残っていましたら、といいかけると、

「何もありまへん。大体、字はあんまり書かん方です。小学校も行ってないくらいですから」

「日記なんかは」

「つけてません。何にも無しです」

さっぱりしたものである。どうやら私の妻が覚えている、いくらかひ弱そうな悦郎さんとは違っているようだ。茶人の世界に関係していながら、気取りの無いのが有難い。

中之島のホテルへは三十分くらい早く入った。

予約してあった部屋は九階で、窓際に立つと真下にやわらかな日差しを浴びた堂島川が見えた。向い合って話を聞くのにちょうどいい椅子とテーブルがある。

十五分前に私たちは下へおり、悦郎さんを待つことにする。ロビイは満員で、向う側の一段高くなったところへ行ってみると、空いたテーブルがひとつあった。灰皿から消し忘れた煙草の煙が上っていた。

妻は、ここにいて下さい、私はあっちで待っていますからといって戻った。ちょうどそこへコートを着た悦郎さんが入って来た。私はおりて行って挨拶をした。

背は私よりも高く、がっしりした身体つきをしている。

「部屋へ行きましょうか」

九階までエレベーターで上る。向うも早目に来てくれたので、二時になるまでに私たちは明るい窓際の席についた。

「高麗橋のおうちへ一回、寄せて頂いたことがあるんです、二人で」

と妻はいった。

「岡山へ行く切符を坂田の伯父さんに頼んで取って貰ったの。それで、朝早く起きて、お宅へ寄って、その足で大阪駅へ行ったんです」

「いつ頃です」

「結婚して間なしです。三月です。その時、悦郎さんがおられて、小さいお膳を出してくれたの」

「覚えてませんな」

「二十一年の三月。初めて母のいる岡山へ帰った時です」

「いや、私も覚えていないんです」

と私はいった。

「悦郎さんにその時、お目にかかっているというんですが。切符を取っておいて貰いながら、申し訳ないんですけど」

「いや、こっちも忘れてるんやから、あいこです」

「何だか上の空でいたみたいで」

「それは無理ない。新婚早々やもの。これから旅行へ出かけようという時に寄りはったんなら、気もそぞろなんが当り前ですわ」

ひとしきり笑ってから、紅茶を頼みましょうかと妻がいって、電話で注文した。

茶道具屋さんというのはどういうことをするのか、いちばん最初に聞きたかったことから尋ねてみた。すると、悦郎さんは、

「私らは美術商というんです」

といった。

世間では美術商といわゆる骨董屋、道具屋と同じと思っているが、それは間違い。美術商は昔は苗字帯刀を許された。骨董屋は何々屋という屋号だけ。よく町を歩いていると、

「何でも買います」

という看板を出している店を見かけるが、あれとは違う。美術商もある程度、家に品物を並べてはいる。だが、お得意さんが決まっている。知らない人がふらりと入って来て、茶碗見せてくれということは無い。

ところが、われわれ美術商は商売をするについて警察の鑑札が要る。お得意さんから預かった品物をよそのお客さんに買って頂く。つまり、委託販売ということになる。これは全部同じ鑑札、小売りも卸しもみな一緒。

「貴金属から古着屋、自転車屋まで全部同じです」

どうしてそういうところへ自転車屋が入るのか、初めて聞く私たちには不思議な気がするが、仕方がない。とにかく、警察の鑑札を持っていなければいけないということだけはこれで分った。

次に悦郎さんは、美術商の中に茶道具屋があり、さらにその茶道具屋が抹茶道具屋と煎茶道具屋の二つに分れるという説明をしてくれた。抹茶道具屋がまたいくつもの流派に分れる。表

千家、裏千家、官休庵の三つを三千家といい、これが主なもので、ほかに沢山ある。で、その中の表千家に坂田は属している。

鑑札からいきなり茶道の世界へ飛び込んだようで、ますます分らない。もともとこちらにお茶に対する興味が欠けているのだから、やむを得ない。私の妻は、女学校の頃に「坂田の伯父」に紹介して貰って、高麗橋の先生のところへお茶を習いに行っていたから、私より少しはましかも知れない。

その先生はいうまでもなく表千家であったのだろう。また、岡山にいる「難波の伯父」（この人が妻の母の長兄に当る）のところへ母と一緒に疎開していた間は、表千家の先生がいないので、二人の従姉妹と一緒に石州の先生に習ったといっている。

ついでにここで附け加えると、悦郎さんのお父さんはこの「難波の伯父」の二人目の弟で、望まれて大阪の坂田の家へ養子に入った。妻の母のすぐ上の兄で、兄妹の中でも二人は格別仲がよかったらしい。

紅茶が運ばれて来たので、暫く休憩する。

私は同じ市内といっても南の外れに近く、家を一歩離れると、とんぼ取りの好きな子には（実際、私がそうであった）宝庫といってもいいような葱畑や野原、田圃、水草の茂る池の多かった帝塚山で大きくなった。

物心がついた頃には、

「大阪市住吉区住吉町」

であったが、市に編入されたのが大正十四年、私の数え五つの年だから、この所書きはいわばなり立てのほやほやというべきものであった。その前までは、大阪府東成郡住吉村だから、畑や田圃が多かった筈である。

（つい最近になって遅まきながら分ったのだが、何でもこの時、一遍に大阪市の人口が二百万にふくれ上って、ニューヨーク、ロンドン、パリ、ベルリン、シカゴに次ぐ世界で六番目の都市になったという）

そんなわけで、街なかの暮しを知らない。一方、私の妻は築港の生れで、一面、見渡す限りの芦原の間を大阪で初めての市電が花園橋から築港桟橋まで走って、市民をびっくりさせたという明治三十六年九月十二日よりもう少し時代は下るけれども、端っこであることには変りはない。

外れ同士が一緒になった。生れ在所は同じ浪花でありながら、いわゆる郷土の匂いというものは、中心部に育った人たちにくらべるとよほど薄くなっている。若い頃はそれを何とも思わなかったのに、近頃になって少しばかり物足りなく感じるようになったのは、東京へ引越してから二十年以上の年月がたったことと関係があるかも知れない。

紅茶を飲み終ると、妻は前もって打ち合せてあった通り、部屋から退出することにした。私は、一時間くらいたったら、一度、様子を見に戻って来るようにいいつけた。

「どうぞごゆっくり」

妻はそういって出て行った。

「では始めますか。それで、その茶道具屋さんはいつから始められたんですか」

私は向い合って坐っている悦郎さんに質問した。

「お祖父さんからですか」

「そうです」

「作次郎さんから始めたわけですね」

「大体、私のお祖父さんが三十歳ぐらいの時に独立した。ということは、お祖父さんが明治五年生れです。明治五年といいましたら、日本の鉄道と同じです。それで明治三十五年に独立した」

「明治三十五年にね。築港桟橋行きの市電が走る前の年になるわけですね」

俄か仕込みの知識は口に出さない方がいいに決まっている。が、間を取るためには合の手を入れなくてはいけない。

「昔はね、お祖父さんの兄弟が八人やったそうです。うちは鴻池の別家です」

丁稚から入って、大きくなって独立する時に暖簾を分けて貰う。自分のうちの先祖は江州の坂田郡《ごおり》というところから出て来た。それから鴻池善右衛門の店へ入った。そこで代々大きくなった。鴻池の別家になって同じ商売をしていたところ、明治四年の廃藩置県で潰された。主家の鴻池だけ残って、小さな別家衆は侍に貸した金が戻って来ないから全部潰れた。

「潰れたのが私からいうと曽祖父さん」

「お名前は」

「知りまへん。戒名は分っているけど、仏壇見たら分るから。それで、船場におれないというので夜逃げした。いわゆる夜逃げです」

「どこへ」

「天満へ」

昔は船場に住んでいる者が、大きくなって宿替えするのはいい。小さくなって宿替えするのは恥とされていた。結局は夜逃げ同然で引越したわけ。

天満の天神さんの裏に亀の池というところがある。その裏あたりへ居を構えた。

「そこで、私のお祖父さんの兄弟が八人おって、明くる日から食わんならんので、男の子はみな奉公に出す。それが美術商になった始め」

その時分に松井という道具屋がいて、そこへ奉公に行った。

「だから、うちのお祖父さんは小学校に行ってない。昔は十歳時分になると、みな奉公へ行ったものやそうです」

子供の時分は何遍も辛い辛いといって、親元へ帰ったこともあるといっていた。松井というのはいわゆる骨董屋。はっきり知らないが、「何でも買います」の口ではなかったかと思う。そうではないかと思う。

「話が前後しますけど」

と悦郎さんはいった。

天満へ夜逃げするについて、曽祖父さんは近所の道具屋を呼んで来て、これだけのものがあるといって見せた。ほかに売り払ってもいい品物があるにはある。差当ってこれだけを処分したいというので、値を附けさせた。

ところが、明くる日に来た時は関係の無い長持まで持って行った。値を附けた人と取りに来た人とは別で、知らん振りをして運び出した。

「道具屋いうのはあくどいものや。あんな者に絶対なりなや」

と曽祖父さんがいっていた。

「なんでその道具屋にわしがなったか」

これはお祖父さんが酒を飲んだ時によくいった言葉。あんな者になりなやといわれたのに、その道具屋になったと嘆いていた。

最初に松井で丁稚奉公して、年季が明けてそこを出た。この時にすぐ上の兄が美術商をしている太田という家へ養子に行っていた。手が足らんから一緒にやったらどうやといわれて、その太田の下で兄弟手を取り合って商売をした。

そのうちに、いつまでもこんなことをしていたのでは駄目やと、この辺で一家を立てないといかんというので、独立した。それで、代々船場に住んでいたので、商売をする限り船場に出んといかん。こう考えて物色していたら、ちょうど高麗橋に空家があったので、それを買って入った。

「いつ頃ですか」

「さあ、何も書いたものが残ってませんしなあ。何年かいうのは分らんけど、独立して間のない頃やから、やっぱり明治と違いますか。とにかく、うちの父が養子に来た時はもう高麗橋におったわけです。私が大正十五年生れ、姉が十三年です」

「お母さんはひとり娘だったんですね」

「そうです」

「悦郎さんはずっと高麗橋で大きくなられたんですか」

「いや、そうやないんです。生れたのも高麗橋やない」

「違うんですか」

「へえ。といいますのは、私の母が結婚しまして、その当時、新婚は別に住まんといかんというので、阪急沿線の清荒神《きよしこうじん》に二人だけ住まわせたわけです。お祖父さんが」

「宝塚の近くですね」

「宝塚の手前です。そこで姉と私が生れた。父が死んでからそこを出払うたわけです」

「お父さんが亡くなったのは」

「私が数え三つの時。妹がまだおなかにいました。浜生の伯父さんの築港病院へ入って、手術して死んだんです」

「盲腸のね」

「その明くる年に今度は浜生の伯父さんが亡くなったんやないか、思うんです」

「二年続いたんですね、不幸が」

「浜生の伯父さん」といったのは、私の妻の父のことである。工学部の出身で、はじめは東京の会社に勤めていたが、築港で外科の病院を経営していたお祖父さんが年を取ったので、大阪へ戻った。一方、悦郎さんのお父さんも工学部を出ている、テニス好きのスポーツマンであった。二人は非常に仲がよかった。

ほかに大きな病院があったのに、わざわざ築港病院へ入院して手術を受けた。ところが、この時は既に腹膜炎を起していた。結局、助からなかった。皮肉なことに、その翌年、妻の父は山登りで雹に降られてひいた風邪がもとで、一週間のわずらいで呆気なく死んだ。それまでは病気ひとつしない、丈夫な人であった。

「父が死んでから、清荒神の家を出払うて、北区の真砂町、そこがうちのお祖母さんの出生《でしよう》です。そこに借家があって、ここへ宿替えしました」

この真砂町の家に悦郎さんは数えの六つか七つまでいた。身体が弱くて病気ばかりしている。肺炎を起して死にかかったこともある。

こんなことをしていてはいかん。大阪の空気の悪いところに住んでいてはいかん。郊外へ出ないとというので、酒屋の「白雪」の小西新右衛門さんとお祖父さんとが親しかった関係から、

「うちに借家があるから、そこへ住ませなさい」

といわれて、また宿替えをすることになった。真砂町から伊丹へ行った。

小西新右衛門さんという方は剣道が好きで、道場を持っている。六十近い人であるが、大変熱心であった。身体が弱いから剣道をするようにといわれて、小学一年くらいから、間があったら道場へ引張り出された。指南の新右衛門さんが稽古をつけてくれる。

始めてみるとだんだん面白くなり出した。身体は鍛えられ、体力も附いて来る。甲陽中学へ入ってからもずっと剣道部にいた。お蔭で少々のことではへこたれない癖がついた。

「いまもたいがいのところなら歩きます。タクシーには乗らない」

「そうですか」

「阪急から今橋の大阪美術倶楽部へ行く時でも必ず歩きます。大きな荷物持ってる時は別やけど。いつも商売であちこち行くから、歩くのは何ともないんです」

「いい身体をしておられますね」

「体重は六十キロ。身長は、兵隊検査の時に百七十五あった。いまはちょっと縮んでいると思うけど、計ったことは無い。お祖父さんもどちらかというと小柄な方です。父も小さい、母も小さい。私だけ大きい。誰に似たんやろ、いわれます」

「そうですか」

「やっぱり剣道をしたからやと思う。大きいなったいうことは。風邪ぐらいは年に一、二回ひくけど。とにかく、伊丹へ行って小西さんに剣道で鍛えられてからというものは大病はしたこと無い。少々のことではへこたれまへん」

伊丹のもうひとつ手前に新伊丹がある。最初は田園であったのを阪急が住宅地にして売り出した。そこへお祖父さんが家を建てたのが小学三年の時、母親と三人の姉弟がそこへ移った。中学へ入ってからはここから通学した。

「高麗橋の家で暮したことは一度も無しですか」

「いや、あります。それどころやない、朝、起きて、表から家の中まで、掃除をやらされたことがあります。中学の上級生の時です」

「どうしてですか」

「誰もおらんようになったから、留守番代りです。いままで長年、お祖父さんが商売している間、いちばん多い時で店の人が十七人おった。いわゆる女中頭と女中を入れてですけど。それが御存知のように戦争がひろがって来るにつれて、男手は兵隊に取られる。軍需工場に取られる。女の子は挺身隊に取られる。一人減り二人減りして、お祖父さんとお祖母さんが伊丹の家へ疎開せんならんようになった頃には、生島いう番頭ひとりになってしまったんです」

「ひとりにね」

「ひとりいうても家族がおるんですが。それで、お祖父さんにお前、あっちへ行け、高麗橋で寝泊りせえ、丁稚の代りせえと、こういわれた」

「それでは高麗橋から通ったわけですか、甲陽中学へ」

「へえ。毎朝、起きて、掃除をしてから学校へ行く。うちのお祖父さんはさっきもいうた通り、丁稚奉公をして来た人ですから、これはええ機会やと思うたんでしょう。大阪の商人というものは、一分一秒でも隣りの家より早起きして、表を開けて、先ず前を掃除する。それが商売人のしきたりやというわけです」

「なるほど」

「夏ならよろしいわな。冬の寒い時に朝の六時起きはどえらい辛かった。すぐに表を開けて、箒で掃いてから水を撒く。それから家の中を掃除する」

「広いですからね、家の中といっても」

「へえ。はたきではたいて、箒で掃いて、雑巾がけです。それが全部済まんことには学校へ行けない」

「食事はどうするんですか」

「番頭の家内がいますから、私の三度の食事は作ってくれます。生島いうのは、十六の時にうちへ奉公に来ました。子供の時分は名前が房次というので、房三、房三と呼んでいた。戦後の民主主義の世の中になってからは本名を呼ぶようになった。生島さんというようになった。この人に私は仕込まれたんです、商売のいろはを」

「お祖父さんじゃなしに」

「そうです」

悦郎さんは中学を卒業すると、すぐに軍隊へ取られた。(勘定が合わないので、私が尋ねると、私は一年よけいいたんです、それに徴兵が一年繰上ったからといった) 二十年の二月、姫路の聯隊へ入った。それから朝鮮の龍山へ行き、二月ほどして今度は大邱のちょっと北にある長城というところへ来て、そこで終戦になった。幹部候補生の試験を受けるようにいわれたのに、最後まで受けなかった。一等兵のままであった。

復員して伊丹の家へ戻って来たら、お祖父さんがいった。

「お前、これからどないするのや」

まだ年も若いし、中学から上の学校へ行っていない。どないするのやというので、

「いまさら学校へ行っても仕様がない。商売をやってみたい」

「やれるか」

やれるかどうかは、やってみんと分らん。とにかく、やってみたい。そういうと、

「ほんなら、まあ一遍やってみい。生島が大阪にいるから、やってみい。その代り、やる限りは丁稚奉公から始めんことには商売は覚えられん。ええか」

どこまでも丁稚奉公が附いてまわる。お祖父さんは生島を呼んで、実はこれこれしかじかで悦郎が商売を覚えたいといっているので、ひとつお前に頼みたい。ついては主人の孫やと思うてくれたら困る。よそから来た丁稚やと思うて使うてくれと、そういって頼んだ。

長年奉公している生島のことだから、

「承知しました」

といって引受ける。

それから高麗橋の店で、学生の時にやっていた通り、朝は六時に起きて、表をきれいに掃いて水を撒く、これが終ると家の中の掃除にかかるという日課が始まった。生島にしてみると、お祖父さんからああいうふうにいわれているから、意気込みが違う。

朝の掃除が終ったところへ生島が奥から起きて来る。

「掃除、しなはったか」

「やりました」

すると、障子の桟を指でひと撫ぜして、

「これで掃除、やりなはったか」

もう一回、やり直しなさいと来る。ごまかし、横着は通用しない。よそから来た奉公人と同じように扱えといわれたら、馬鹿正直にその通りする。真面目な男だから融通が利かない。使い走りもする。お客さんへ品物を届けるとか貰って来るということばかりではない。ちょっと八百屋へ行って菜っ葉買うて来てくれというような用事も遠慮なしにいいつけられる。これも商売の道を覚える上での勉強のひとつである。金を払う限りはいいものを買わないといけない。

「高いもんを買うて騙されなやということです」

みっちり二年間、そういう下働きをして、やっと交換会に出して貰えるようになった。われわれの商売では、お客さんからこれだけの品物を売ってくれと委託される場合と、またこういうものを買ってくれと委託される場合の二通りがある。売りと買いの委託がある。その交換をする場所が今橋にある美術倶楽部、もとの鴻池邸で、月に何回か開かれる。

最初は要領が分らないので、生島が後見でうしろへ立っている。その間は安心していられる。ちょっと馴れて来たなという時分には、もう附いてくれない。そうなると、自分ひとりでやらなくてはならない。生島がいてくれている間はよその業者も心得ている。

ところが、生島がいなくなったとなると、もう手加減はしない。叩いて買ってやろうとか、要らないものでも売りつけようとする。こちらは分らないから、叩かれているのも知らずに売る。要らないものを買わされて、後生大事に持って帰って、

「こんなもん、なんで買いなはった」

といって叱られる。

交換会に出るようになったのが二十二、三の頃であった。そのうちに初めてお客さんのところへ行く日が来た。持って行く品物について説明をしなくてはいけない。前の晩に一生懸命、勉強して頭の中へ入れる。いよいよ出かける時になっても、電車の中で忘れないように復誦してみる。

お客さんの家へ着いて、説明する。

「そんなら頂きましょう」

お金はいくらですか。これこれです。で、お金を頂くと、わき目も振らずに自分の家へ帰って、生島に報告する。

「これこれで売れました。お金も貰うて来ました」

「ほう。それは結構やった。これからしっかりやりなはれや」

賞められて、鬼の首でも取ったような気持でいた。初めて外へ出して貰って、一人前の商売をしたという喜びは何物にも換えられない。一生忘れられない。

ところが、何年もたってから、実はそうでなかったことが分った。前もってちゃんと生島から先方へ訳を話して頼んであった。こちらが品物を持って家を出たとたんに電話をかける。

「これこれの品物を持って孫はんが初めて商売に出かけます。初陣やから買うといて下さい。金はこれこれです」

「よろしい。金を持たせて帰します」

それまで話はついている。こちらは知らないものだから、行く道みち、説明の文句を口の中で何遍もいってみる。

「自慢やないが、中学におる間、学課の中で飛切りよかったのは体育と武道と教練の三つだけ。そういう人間が苦労して暗記するんやから手間がかかるんです」

向うへ着いて、品物をお客さんの前に取り出して、丸暗記して来たことをいう。説明しなくても本人さんの方がよく知っている。それを澄した顔をして、はあ、そうですかといって返事してくれる。

何年もたってから、その時のお客さんがやっと打明け話をしてくれた。

「君が一生懸命、顔を赤うして説明してくれるのを、わしは笑うわけにいかんから、堪えて聞いてたんや」

お客さんがいったから初めて分った。生島自身の口からはこの件についてはしまいまでひとことも出なかった。こちらも触れない。あれは、いわば生島の親心というもの。親代りになってきびしく自分を仕込んでくれた彼の、初陣を飾ってやりましょうという心尽しであった。

「その生島さん、どうしていますか」

「十六の年に奉公に来て以来、ずっとうちにいましたが、五十年を境に独立させました。生島商店として別にやっています。子供が四人いるけど、みなよく出来た子ばかりです。長男は京都の大学で教授をしています」

悦郎さんが、そのあと、生島はいま八十いくつになるが、病気で寝たきりですといったところへ、入口の戸を軽く打つ音がした。返事をすると、妻が入って来た。

「一時間たちましたので、ちょっと」

こちらはもうこれくらいで十分だが、食事をするには少し早い。まだ外は明る過ぎる。しかし、何を食べるか、打合せをしておいた方がいい。

「悦郎さん、鰻はお好きですか」

と妻が尋ねた。

大阪へ来る汽車の中で私たちは、悦郎さんはお酒を飲むといっていたから和食の方がいいだろうと話していた。ホテルの二階に鰻の店がある。前の晩に帝塚山の兄の家で泊った時、その話をしたら、給仕が年配の女の人で、物腰も柔かだから、そこがよくないだろうかと勧めてくれた。

ところが、悦郎さんは鰻は食べないといった。これは意外な返事である。

「ああいうのは駄目」

「駄目ですか」

「お祖父さんからも鰻を食べるなといわれていたんです」

「お祖父さんが食べない。なるほど」

「お祖母さんは好きでした。何かあったらすぐ鰻という。それが、亡くなって一周忌のお供養の時に来た人に全部、鰻丼を出した。みんなびっくりして、精進と違いまんのかというたら、お祖母さんが鰻、好きでしたからいうたんです」

「それはしかし、いいですね。法事の鰻丼ていうのは」

「大体、うちのお祖父さんはあまり生臭いものは食べない。殺生のものは嫌がります」

「そうなの。お鯛なんかも」

と妻はいった。

「いや、鯛のつくりやなんかは食べる。その代り、目の前で動いているものを摑えて、これ、活きがよろしいからというのは食べないんです」

お祖父さんに育て上げられた悦郎さんがそういうのだから、仕方がない。ほかに和食の店がひとつ二つあった筈だから、妻に見て来させることにした。

悦郎さんは亡くなったお祖父さんの話を続けた。

「それから、勝負事。これも絶対しない」

もともと勝負事は好きであった。本人から聞いてはいないが、人の話では将棋は強かったらしい。なぜ止めたかというと、将棋の最中に喧嘩になったところを目の前で見ていた。それから一切しない。続けていたら、自分もいつかああいうふうな行動を取ることがあるかも知れない。勝負事さえしなければ、その危険は無い。そう思って止めた。

もうひとつ、奉公している間に意地の悪い番頭から殴られたり蹴られたりした。昔の軍隊と同じで、何をされてもひとこともいえない。それで、これから人を使うようになったら一切手を上げてはいけないと固く決心した。

「だから、お祖父さんの花押は武士の武。なぜかというと、戈《ほこ》を止める。争いごとはどんなことがあってもしないいう意味です」

学校へ行ってないのに、どうして字を覚えたか。夜な夜な、火鉢の灰に字を書いて、それで覚えたといっている。

自分らでも子供の時分、新聞紙を折ってそれに書いて手習いをした。お祖父さんの時代は新聞紙に書くということさえ出来なかった。それで、火鉢の灰の上に書いて覚えた。

もっとも、字を覚えるといっても常時使う字とか道具の名前とか、そういうものだけ、従って正月の書初めくらいのものしか残っていない。その字も大体固い字で、あまり続けた字は書かなかった。

「私たちの結婚式に来て下さったんです。お祖父さんは」

私がそういうと、悦郎さんは、

「謡、うたいましたやろ」

「いや、それがはっきり覚えてないんです」

「お祖父さんが行ったんやったら、必ずお祝儀に高砂うとうている筈です。学校へ行ってないから字を習うてない代り、謡曲は若い時分から習うていました。自分で商売を始めた頃からやないかと思います。私も謡曲を習わせられました」

「いつ頃ですか」

「小学校一年の時から。ちゃんと月謝払って稽古へ行った、先生のところへ」

ただし、小学校時分は本無し。全部、耳で覚える。中学へ行き出すと、もう戦争で、稽古事は出来ない時代になる。兵隊から帰ってからは正式に本を見て習った。二年ほど続いた。いまは習っていない。

「天満の能舞台へ出たことがあります」

「大したものですね」

「小学校の四、五年のときやったと思います。『安宅』を舞うた。お祖父さんが弁慶、私が義経。義経やから子方ですから、大人では出来ない。それで出たんです」

その時分に稽古したものは、本無しの耳から入ったものだから、いまでも小謡のところだけは覚えている。商売をやる上に役立つことが多い。

「しょっぱなに習うのが鶴亀。それに竹生島。竹生島いうのをやっていたら、大抵、正月によろしい」

「新年宴会なんかあるんですか」

「へえ。何かやれといわれたら、竹生島をうたうといいんです。たいがい、それで間に合います」

「お祖父さんがちゃんとそういうものを習わせたんですね、小さな時分から」

「能というのは御承知のように立居振舞い、それから行儀、それからまあ上に仕えるという、ありとあらゆる練習になる」

「そうでしょうね」

「それと、お臍に力を入れんことには声が出まへん。それで胃腸の鍛練になるんです」

「横隔膜を動かさないとああいう声は出ないんだそうですね」

「うちでも私がうとうていると、姉や妹が、牛のお産やというて笑うんです。家の中で稽古していたら」

次に私は、結婚なさったのはいつですかと尋ねた。悦郎さんは、自分は二十五歳で結婚したといってから、

「私が結婚するまでは頭、丸坊主です。これはお祖父さんに固くいわれた。絶対、毛を伸ばしたらいかん」

背広はお祖父さんのお古。昔の三つボタンで、丈は足りなくてもこれで辛抱せよという。靴は軍隊から履いて帰った編上靴。

「この靴は」

といいながら、悦郎さんは自分の履いている短靴を指の先で叩いてみせて、

「買わしてくれませんでした」

その時分、同業者の友達連中は背広を着て、髪は七三に分けてぱりっとしている。それを見て、けなるかった（羨ましかった）。

縁談が纏まって、いよいよ結納を交すという時になって、やっとのことで毛を伸ばせといわれた。

「奥さんはおいくつでしたか」

「二十。見合結婚ですけど、ちょっと違う」

お祖父さんが易学をしている人のところへ行って、相性をみて貰った。そこへ自分の娘の相性をみて貰いに来ているお父さんがいた。この人とこの人ならうまく合いますというので話が決まった。

「家内の出生は船場です」

ところが、戦争中に兵庫県の三田へ疎開して、そのままそこに住み着いてしまった。結婚したので、また船場へ戻った。

「相性はよく合ったわけですね」

「いままでどうもないところをみたら、合ったんでしょう。私は家内を殴ったこと、一回もお

まへん。まあ、口喧嘩くらいしたことはありますけど」

ここでふたたび戸を打つ音がして、妻が戻って来た。ほかにとんかつの店と石狩鍋の店がありましたと報告する。

私たちは更に相談をしたのだが、石狩鍋というのはよく知らないし、とんかつもこの際、もうひとつぴったり来ない。去年の十二月に妻と二人でこのホテルに泊った時、地下のグリルで神戸牛極上肉の鉄板焼ステーキというのを試みた。あれなら和食がいいという悦郎さんにも勧められる。あれで酒を飲めばいい。

「一回、こんなことがありました」

食べに行く先はグリルと決まってから、悦郎さんはいい出した。

「お客さんのところへ行くんですが、生島は着物を着て、手ぶらで歩いて行く。うしろから私が荷物背負うてついて行く」

やがて向うの家に着いた。ちょっと待っていて下さいといって、生島は中へ入ってしまう。いつまで待っていても出て来ない。

そのうち昼になる。腹はぺこぺこになっているが、財布もお金も持っていない。電車の切符は生島が買ってくれる。こちらはただ荷物を持ってついて歩くだけ。生島がいなくなったら、お手上げである。

どうやらお客さんと商売をしているうちに飯時になったので、食事が出たらしい。それに違いない。というのは、女中さんが出て来て、

「あ、丁稚さん。来てなはったんですか」

「へえ。待ってますねん」

「お食事は」

「まだだんねん」

「そら気の毒な。上へあがりなはれ」

そうしたら台所で御飯を食べさせてくれた。待つ者の身になったら時間が長い。おまけにこちらは時計を持っていない。いま何時というのさえ分らない。とにかく、長かった。……

私たちが部屋を出て食事をしに行く前に、悦郎さんは修業時代のそんな思い出話をひとつしてくれた。

二

明くる日、私たちは東京へ戻った。

中之島のホテルから地下鉄で新大阪駅へ行き、窓口で切符を求めると、あと六分で出るひかり号がある。大急ぎで改札口を通り抜けてフォームへ上ったのだが、そんなに慌てなくても十分間に合った。

中はがらがらであった。真中に近いあたりにどちらもひとり旅の、年配の婦人が二人がけの窓際の席に腰かけていたが、京都を過ぎて間もなく、雪がはげしく降り出すと前とうしろで話を始めた。

大阪はよく晴れていたから、それは不意打ちといってもいいような変りかたであった。もっぱら前の席の、着物を着た方がしゃべっているらしい。うしろはちっとも振り向かない。やあ、嬉しいわ、こんな雪、見せて貰うてといったり、主人が見たら喜ぶやろねえといったりする。奥さん、窓見てごらん、自動車の上、見てごらん、ほら、積ってるわといったり、何や音するわ、ほら見てごらん、線路に仕掛けがしてあると細かいところを見せるかと思うと、境も何も見えんようになりました、山も道も真白という。

奥さん、山にかかって来たよ。雪がこんなに舞うて来るわ。ねえ、奥さん、こっちの方へ来はったら？　雪がさあっと横に並んで来るのが見えますよ。

すると、うしろのパンタロンを穿いた、言葉の抑揚からすると広島あたりから乗ったらしい奥さんが、

「ほんと、小さいのが」

と相槌を打つ。

目をつぶってうつらうつらしていても、汽車がどういうところを走っているか、見当がつく。奥さん、屋根の上、見てごらん。きれいなこと。あの竹、地べたまで着いてるのに折れへんのよ。ほんと、こんな雪、見せて貰うて仕合せやわ。

そのうち、こっちは全然見えない、両方とも見えなくなったといい出したあたりから、少し心細くなって来た。どうぞ遅れませんように、あんまり遅れたら乗換えが困るから、一時間ほ

ど遅れるというてたけどと前の客がいうと、あたしもそうですけど、東京へ着いたら電話するわとうしろの客がいう。

「一回でも行ってたらええけど、初めてでしょう」

「そう。私ら、そう度々、出られんから」

「この前の時は主人と来たんです。ひとりで行くのは今度が初めてでしょう。それが心配やわ」

そういっているかと思うと、

「なんぼほど積ってるやろねえ。さっき奥さん、五寸ほどいうてはったけど」

「こんなの、わたし、見たこと無いわ」

「北海道へでも来たような気がする」

「そうやねえ。写真うつしとけばいいみたいね。ほんとに主人に見せてやりたい」

広島の奥さんも主人思いのようないいかたをする。

米原を過ぎたあたりで不意に明るくなった。

やっと空、見えて来た。ああ、うれし。ああ、ああ、やっと抜けた。青空が見えて来たわ。山も見えて来た。この調子で行ったらそうも遅れませんね、奥さん。

そのあと、

「奥さん。東京の土、黒いよ」

「そうやねえ。ほんと、珍しいような」

というやり取りを最後に二人は黙ってしまった。

今日は節分、豆まきの日である。京都・米原間の除行運転のために約一時間の遅れとなるというのだが、気にならない。このままなら夕方の混雑にかからない前に家へ帰り着くことが出来る。ふだん関東で暮しているので、うしろの二人の婦人にくらべると、雪に対する感覚が鈍くなっているとはいうものの、暦の上では明日から春になるという日に、華やかな吹雪を見せて貰ったのは有難い。

それに今度は、三十一年ぶりに妻の従弟の悦郎さんに会って、いろいろ話を聞かせて貰うという仕事が無事に、そうして和やかな雰囲気のうちに終ったので、私はほっとしていた。最初、妻がいい出した時には、もしそういうふうに運ぶものなら非常に嬉しいが、先方はこの唐突な申し出をいったいどう受け止めていいのか分らなくて、きっと当惑するだろうというためらいがあった。悦郎さんから夜、電話がかかって来て、

「私でよかったら」

といってくれたので、助かったものの、いよいよ大阪へ出かけて、中之島のホテルで顔を合せるまでは、自分勝手な頼みごとで忙しくしている相手に迷惑をかけるうしろめたさから逃れ

られなかった。

妻にしてみても、年に一度、賀状を取り交す以外にはまるきり御無沙汰していたのだから、変りは無かっただろう。

結果は――もしそういってよければ先ず上首尾であった。地下のグリルで食事をしたあと、八時から北の新地である業者仲間の会へ行かなくてはいけない悦郎さんともう一度、コートを置いてある九階の部屋へ戻り、そこで奥さんに東京から持って来た菓子の箱をことづけた。ふたたびエレベーターで下までおり、礼をいって私たちは別れたのだが、はじめにロビイで挨拶をしてから五時間あまり一緒にいたのに、そんな長い時間のような気がしなかった。

私と妻は、悦郎さんを送ってから、地下へ逆戻りしてグリルの手前にあるバアへ入った。下へおりていた間、どうしていたと聞くと、

「ロビイで本を読んでいました」

という。

私はまた、天気がよかったから、堂島川のふちを大江橋のあたりまで散歩してみたのかと思ったのだが、ホテルから一歩も外へ出なかったらしい。

始めからそのつもりで文庫本の探偵小説を鞄の中へ入れて来た。子供から借りたもので、ロンドンから百何十哩とか離れた片田舎の小さな村を舞台にした話である。それを持って下へお

りた。ロビイは相変らず混んでいたけれども、一段上ったところにひとつ、テーブルが空いていた。

「そこで読んでいたら、給仕の女の子が水を持って来てくれるの。満点の気分でした」

水ばかり飲んで満点なら結構というほかない。だが、殆ど初対面といっていいくらいの悦郎さんと私を引き合せて、二人がなるべくゆったりと話が出来るようにするのが妻の大事な役目だから、席を外してロビイの隅で本を読んでいるのも仕事のうちに入っているといえよう。

「しかし、あれだなあ。坂田の伯父さんはきびしかったんだな」

「本当ですね。私もびっくりしたわ、悦郎さんの話を聞いて」

部屋でどういうことを悦郎さんが話したのか、まだ妻は知らないわけだが、食事中に私と一緒に聞いた分だけでも、びっくりする材料に事欠かない。

私たちは、九階の部屋で相談した通り、神戸牛極上肉の鉄板焼ステーキというのを注文した。十二月に来た時に食べているから、様子は分っている。給仕から受け取った献立表をひらくと、私はためらうことなく、そこの囲みを指さして、

「これ」

といった。

焼き加減は？　これは三人とも中くらいよりも稍々、生焼けに近い方にして貰う。スープは

何にするか。悦郎さんは、

「ポタージュ」

といい、私と妻はコンソメ。

次は飲物だが、こちらはおおよその心づもりでは先ずビールで乾いた咽喉を潤おして貰って、肉が焼き上って来たら酒、最後はウイスキーを貰おうと段取りを考えていたが、お客さんに聞いてみなくてはいけない。

悦郎さんの返事は、意外にも、

「水割り」

であった。

あとで業者仲間の会があるというのは、この時、初めて分った。それならやむを得ない。いつもウイスキーですかと妻が聞くと、

「いや、何でも頂きます」

「お宅ではどのくらい上られるんですか」

「家ではあんまり」

といってから、悦郎さんは、

「お正月の十日間は奈良漬です」

そんなに会が多いんですかと私が尋ねると、いや、どこでも十日の間に初釜を掛ける、こっちは一軒一軒まわらなくてはいけないからという。

「お酒が出るのですか」

初釜というからお茶だけ飲むのかと思ったら、そうではないらしい。何にも知らないから、いちいち聞くよりほか仕様がない。

「一軒で呼ばれて、次へ行く。酔いが覚めかかった頃にまた呼ばれる。漬かりっ放しやから奈良漬です」

「はあ」

「摑まって歩かんならん」

悦郎さんはふらふらになって伝い歩きをする恰好をしてみせた。

初釜だから紋付、袴で行く。ある時、生島と二人で京都へ出かけた。街を歩いていると、男の人が名刺を渡して、芸人になりたかったらここへ来なはれといった。

「何に間違えられたのかしら」

「さあ、何ですやろ。芸人の卵と思うたんと違いますか」

あるいは、紋付、袴がそれだけ板に着いていたということかも知れない。それ以来、着物を風呂敷に包んで、先方へ着いてから玄関で着替えることにした。

初釜の時はそんなふうでどこでも酒を出される。飲めまへんといって断ると、なんでうちの酒が飲めないかと来るから、そうはいえない。飲むよりほか仕様がない。はじめはそれが辛くて、下に綿入れの襦袢を着て行った。頂いたお酒は飲むふりをして流し込む。

そういいながら悦郎さんは、そっと分らないように胸元から流し込む真似をしてみせた。

「綿入れやから吸います」

「ええ」

「吸い込まんようになったら、次の家へ行った時にまた着替える、別の襦袢に。考えてみたら勿体ない話です」

お祖父さんはお酒は上られたんですねと妻がいうと、

「上るなんてもんやおまへん。倒れたの、見たこと一回も無い」

その癖、悦郎さんが軍隊から帰って店を手伝ようになってから、家では絶対に飲ませてくれない。こちらは兵隊で酒の味を覚えて来ているから、飲みたい段ではないが、いけないという。

「家では一切、いけない。その代り、外で呼ばれる分はこれは別」

「なるほど」

「いくら呼ばれてもいいが、自分のことは責任を持てよと」

話しながら悦郎さんは、自分がお祖父さんになったように私の方へ顔を寄せて来る。壁際のテーブルで、妻は向い側の椅子に、悦郎さんと私はうしろへ凭れられるようになった席に並んで腰かけていた。

「そうですか。息抜きをするところは認めてくれていたわけですね」

「まあ、そういうことですやろ。家ではわしの相手をする時だけ、それ以外は飲ません。外で人に呼ばれるのはええ」

「お祖父さんの相手はさせてくれるわけですか」

「たまにそういう日がある。おい、わし晩酌するんやけど、ちょっとつき合えへんかと声がかかる。飲ませて貰えるのはその時だけで、あとは駄目」

それから、自分が初めて貰った月給がいくらで、半分は食費として差引かれる。そこから更に謡とお茶の月謝を払った残りが小遣いになるわけだから、いくらも無い。

「それはきついですね」

「どえらいきつかった」

悦郎さんがいまだにその月給の額をはっきり覚えているのは、よほど肝に銘じたのだろう。しかも、お祖父さんは頑として上げてくれなかった。

年上の友達が、

「おい、ええとこ行こか」

という。

アルバイト・サロンというのが出来たから行こうという。昼間は会社に勤めている娘さんが、横へ坐ってビールを注いでくれる。それが選り抜きの美人ばかりというので、自分の財布の中身も考えずについて行った。

なるほど友達のいった通りで、気分は悪くない。何遍でも通いたくなるようなところである。勘定書を見たら、自分の貰っている月給をそっくりそのまま渡しても足りない。割前も出せない。この時は、友達が払ってくれた。

それで止めればいい。しかし、こちらも若い。次にまた、行こやないかといわれると、飛び立つ思いでついて行く。二、三回、そういうことがあったが、勘定を払うのはいつも友達。いくら向うが年上といっても恰好がつかない。

「これではいかんと思いました」

「なるほどねえ」

「このままではどないもならんと。早く商売を覚えて自分で儲けんことには動きが取れん」

妻がびっくりしたというのは、ここだろう。そこで私は、軍隊から帰った悦郎さんがこれからどうするとお祖父さんに聞かれて、商売をやってみたいというと、それなら生島についてやってみなはれ、その代り、やる限りは丁稚奉公から始めんことには商売は覚えられないといわれたこと、実際にみっちり二年間、下働きをしてからやっと交換会に出して貰ったこと、それから着るものはお祖父さんのお古の背広の三つボタン、頭は丸坊主、この短靴は穿かせて貰えなかったという話をした。

するとレモン・スカッシュを前にした妻は、子供の頃、法事で親戚が寄るような時、いつもにこにこしていた、頼みごとは必ず二つ返事で引受けてくれる、あの優しい坂田の伯父からそんなことはとても想像できないというのであった。

「やっぱり一生懸命だったんでしょうね」

「そうだろう。生やさしいことではとても商売人にはなれない。それが骨身に染みている人だから。何よりも先ずきびしさを教え込まなくてはと思われたんだろう。それにしてもそのお祖父さんのいいつけを守り通した悦郎さんも大したものだ。いや、もうひとり忘れてならない恩人がいる。番頭の生島さんだ」

すると妻は、ああ、生島さん、この前から思い出そうとして名前がどうしても浮ばなかったの、子供の時から聞いていましたと懐しそうにいうのだが、ここらでふたたびグリルの奥の壁際のテーブルへ戻ろう。

「お父さんのこと、覚えてられますか」

と妻が聞いた。

「全然」

「そうですか」

「あんた、覚えてはりますか」

「ええ、少しだけですけど。父は釣りが好きで、築港にいたでしょう、いつも船頭さんと一緒に出かけていたの。穴子を釣って来て、母に割かせて、焼いて、お酒を飲むのがいちばんの楽しみだったらしいの」

「それはよろしおますな」

「多分、そういう時じゃないかと思うんですけど、いま広島にいる姉がそばにくっついていて、赤ん坊の弟を膝の中へ入れて、お酒を飲んでいるところとか」

「私はさっぱり。なにせ小さかったもんやから」

両方の父が相次いで亡くなった時から、大方五十年に近い年月がたっている。

「お父さんは工学部だそうですね。専門は何ですか」

「電気。早稲田を出てから東京で勤めていたそうです」

「それがまるで方角違いの茶道具屋さんへ養子に来られたわけですね」

「まあいうたら技術屋ですわな、父は。やっぱり悩んだんやないかと思います、坂田へ来るについては」

「そうでしょうね、きっと」

「お祖父さんは商売はしなくてもいい、電気の方を続けたいのやったらそれでもいいからというたそうです」

そこで今橋に電気屋の店を出させた。ところが、その店は潰れてしまった。たとえ電気を扱っても商売となるとこれは別物、やはりうまく行かなかったらしい。

私は次に小林一三のことを尋ねた。というのは、妻からこういう話を聞いていたからだ。女学校を卒業する時に予餞会というのがあって劇をする。戦時下にも拘らずせっせと宝塚へ通っていた仲間で「荒城の月」を出すことになった。ところが、大劇場の方では衣裳や小道具の貸出しは出来なくなったと聞いて、みんながっかりする。

物資が乏しくなって来た頃だからやむを得ないが、このままではせっかく意気込んで稽古を始めたのに、諦めるよりほかない。坂田の伯父が阪急の小林一三さんをよく知っていると聞いていたので、最後の手段として母から頼んで貰った。そうしたら、折返し、

「話はついているから、取りに行くように」

という返事があった。

大よろこびで宝塚へ借りに行き、お蔭で「荒城の月」は出せるようになった。坂田の伯父が救いの神であった。……

「小林一三はんはいちばんのお得意」

と悦郎さんはいった。

「お祖父さんが高麗橋で商売を始めた折に初めてついたお客が一三はんです」

「そうですか」

「あの方はうちのお祖父さんとは同い年。一三はんは明治五年の一月三日生れ。お祖父さんは十一月三日生れ」

お祖父さんが店の前を掃除していた。そこへ通りかかった客が、

「あんたとこ、道具屋か」

と聞く。

「へえ」

「あんた、主人か」

「へえ」

「ちょっと見せて貰おか」

初めてのお客さんが、一生を通じての、それもいちばんのお得意になってくれた。思えば不思議な縁であった。

小林家では毎年、正月の三日に初釜を掛ける。そういう決まりになっている。

「釜を掛けるから来てくれです」

「誰が行かれるのですか」

「生島と私」

「お祖父さんはお出にならないんですね」

「これはもう年寄りやから。生島と私とで一日、水屋を勤めます。そのためには朝早う起きて行かんならん」

三日の朝は六時の阪急電車に二人で乗る。まだ外は真暗。それで一日勤めて夜になって帰る。

「毎年、正月になったらああまたや」

いま生島さんが病気だというから、悦郎さんひとりで行くのだろうか。

亡くなられた時、奥さんは家族以外の人には死顔は絶対に見せられなかった。それが、お祖父さんと二人で行ったら、

「坂田さん、会うてやって頂戴」

といわれて、お目にかかった。それでお別れをさせて頂いた。

「お祖父さんが亡くなられたのは、おいくつでしたか。八十……」

と私がいいかけると、

「九。お祖父さんは数えの八十九でした。八十九の一月二十三日」

その前の年に、芦屋の市役所から八十八のお祝いとして金盃を差上げますから、十一月三日の文化の日に市役所までお越し下さいといって来た。

「私はまだ八十八と違う。来年の十一月三日が来たら八十八になる」

さっきもいった通り、お祖父さんの誕生日は十一月三日、昔の明治節である。

「来年、八十八や。来年、頂きます」

といって返事したら、その来年の一月二十三日に亡くなった。

そこで悦郎さんは私の方へ顔を寄せて、

「金盃、貰うといてくれたら、金になるのに」

誰にも寿命というものがある。欲をいえばきりは無いけれども、ここまで来たのだからせめてあと十カ月、元気でいてくれたら、めでたい米寿の祝いが出来たのにと、残された家族には悔いが残っただろう。

「そやけど、それくらい真面目に堅うして来たからこそ、今日、こんなにしておられまんね。ちゃらんぽらんにやってたら、いまは不景気の世の中、とっくに夜逃げしているところです」

それから、ふと思い出したように、

「お祖父さんは中の二黒の生れ、私が寅の二黒の生れ」

といった。

もともと深いつながりのある星の下に生れたということだろうか。そういう方面の知識は全く欠けているので、よく分らないが、お祖父さんの家業を孫である悦郎さんが嗣ぐようになったのも、ひょっとすると生れた時から定まっていたことかも知れない。

「お祖父さんはいろんなことを仕込んでくれました。まあ、些細なことから」

よく耳にたこが出来るくらいいわれたのは、

「朝粥に昼一菜に夕茶漬」

これが船場の商人の食事や、よう覚えておきなはれや。しまつにせないかんということをいう。ところが、文句をいう相手は私ひとり。ほかの姉妹は何を食べてもひとこともいわない。こちらが食事をする時だけ、横にお祖父さんとお祖母さんが附いている。食べている間は正坐せよという。絶対に胡坐はかかして貰えない。お汁飲むのも音をさせてはいけない。食べながら物をいってはいけない。

例えば、お魚を食べる。骨が出る。その骨を皿のふちに並べると、

「何をしてなはるんや」

と叱られる。

おちおち食べていられない。食べても味がしない。思わず知らず不服そうな顔をすると、すかさず、

「まあまた文句いうてるなと思うたらいかん。教育やと思わないかん」

と来る。親子でありながら、自分だけなんでこないにいじめられんならんのやろと思って情なかった。

（悦郎さんの話では、小さい時分からお母さんと子供だけは別の世帯、生活費はお祖父さんから来ていたということだが、そうはいっても親子の間柄、しょっちゅう往き来があったのだろう。悦郎さんだけ高麗橋の方へ泊らされるような場合もあったに違いない）

これだけ喧しく箸の上げおろしに口出しをされると、行儀はいいかも知れないが、男の子らしい精気の乏しい、青菜に塩といった子供になる恐れが無いわけではない。ところが、悦郎さんはそうならなかった。九階の部屋で話をしていた時、甲陽中学で一年よけいかかったというので、訳を聞こうとすると、

「それは駄目」

という。

誰にもいわないから話して下さいと頼んでも、駄目の一点張りであった。

ところが、そのすぐ後で、

「よく、朝礼の時にこれから名前を呼ぶ者は前へ出えというんです。そういう時に名前をいつも呼ばれる」

「あ、なるほど」

「大体、私は強きを挫いて弱きを助けるという方やった」

これなら青菜に塩どころではない。親戚の法事でみんなが集まる時、ひとりだけ青い顔のしかめっ面をしていた「悦郎さん」が、よくぞここまで育ったものである。祝福すべきことではないだろうか。

「そういう訳でしたか」

「剣道部の連中は、たいがいそのメンバーです。名前呼ばれる口です」

うちのお祖父さんが何遍、呼出しを食ったか分らない。その度に、お前は親不孝なやつやといいながらも、母に代って小言をいわれに学校へ出かけてくれた。しかし、いまでも中学のクラス会があるというと、出席するのは朝礼でいつも名前を呼ばれていた者ばかり、成績のよかった、ガリ勉で上級学校へ行った連中は一人も来ない。

当時、自分たちの学年を受け持っていた先生がまだ生きておられる。会の案内を差上げると、元気な顔を見せてくれる。

「君らにはよく泣かされた」

というのだが、先生の方も懐しいらしい。

「そういう生徒でしたから、自慢やないが、少々どつかれても何ともない」

軍隊の内務班で皮帯で叩かれたり、雪の降りしきる中へ立たされたりしたが、ちっとも応えなかった。姫路へ入った時、中隊長が学校の配属将校をしていた人であった。向うはよく覚えていてくれて、

「おう。君、来たか」

といった。あの時は嬉しかった。

中学では一日も休まなかった。必ず始まる一時間前に学校へ行く。そんなに早く行って何をするかというと、あの時分、農園で百姓をしていた。鳴尾苺の産地で、学校の敷地内にも苺を作っている。

「みんな、朝早く行くんですか」

「いいや、好きな者だけです。苺が出来る頃には、バケツに一杯取っては町へ売りに行く」

「構わないんですか」

「自分らで作ったものやから構わない。ただし、売れたお金の半分は学校へ渡して、半分は自分で取る。それが小遣いになる」

親から貰う分では足りないので、そうしていた。……

悦郎さんはあとにもうひとつ会があるので、控えているらしく、一杯目の水割りをあけるのに時間がかかった。（最初、御飯かパンかと聞かれた時も、パンと答えてから、あとで酒を飲

まんならんからといった）それでも結構いい顔色になって、窓際の椅子で私と向い合っていた時よりも一層寛いだ様子であった。

妻が、電話で二度ばかりお声を聞いただけですけど、いい奥さんですねというと、

「へえ、おおきに」

といってから、

「教育がよろしおますからな。うちは高給を払うてますから」

「お客さんが多いから大変でしょう」

「そら、多なかったら困る。いつもうちは釜を掛けてあります。お客さんが来はったら、家内の点前でお茶を上って貰います」

会う日取りを決めるために妻が電話をかけた時、奥さんは、今日はお呼ばれがありまして帰りが遅うなるようでございますけどといった。もう一度、明日、いまぐらいの時間に電話をさせて貰いますというと、帰っているかどうか、少し心もとないふうであったが、

「へえ、よう分りましてございます」

といった。

次の晩、かけてみると、今度はいきなり悦郎さんが出た。それを聞いて、私は悦郎さんの奥さんの、控え目で律儀な人柄を想像したのであった。

「私がこんなに酒飲むとは、家内は知らなんだ」

「易ではそこまで出なかったのですね」

「はじめはびっくりしたらしい。私が飲んで帰って来たら、いま何時やと思うてますのといい
ます。いや、あんたが怒るのも無理はない。夜中過ぎてるんやから。しかし、これははっきり
いうとくけど、わしの帰りの遅いのは浮気のためやない」

商売人いうのはサラリーマンと違う。業者仲間の寄り合いに顔を出すのも大事な仕事のうち
なんやということをいった。

水割りのお代りが来ると、ひと口飲むなり、悦郎さんは、

「私には子供がおまへん」

といった。

妻が、そうですね、淋しいでしょうというと、

「今度、貰いました」

「それはよかったですね」

そうなの、よかったわと声を揃えて妻もいった。

「小さい方ですの」

「小学校六年」

「どっちですか」

「女の子、家内の妹の子です」

前からうちへ来てよく泊っていた。すっかり馴染んでいる。その子の姉もいる。どちらもいい子で、どっちを貰ってもいいが、易学の先生にみて貰ったら（ここで悦郎さんは掌をひろげて、その上に指を一本載せた）、

「この人は家を立てまっせ」

といった。

それでその子を養女に貰うことにした。籍も入れた。

「それはおめでとうございます」

「来月二十六日、その子のお披露目の茶会をします。三月二十六日の土曜日。来てくれはるんやったら、案内を差上げます」

思いがけないことであった。

「そうですか。是非、出席させて頂きます」

妻は、

「嬉しいわ。そんなおめでたい日に呼んで頂いて。お祝い持って駆けつけますわ」

「案内は六十人に出します。私はそのお相手をせんならんから、話は出来まへん。それでもよ

ろしかったら来て下さい」

「いや、喜んで寄せて頂きます」

と私はいった。

「家内が点前をして、今度、貰った子がお膳を運びます」

「御馳走が出るのですか」

いま現に、鉄板焼ステーキの、はじめから包丁が入っていて、箸で食べられるようになっているのを、二つある小皿の、醬油でもたれでも好きな方につけて口へ運んでいながら、そういうことを聞いた。すると、

「出まっせ」

打てば響くといったふうに答えてから、少々、時代離れのしたような料理屋の名前を自分の掌の上に書いてみせた。

「有名なお店なんでしょう」

「そこのいちばんの板前が来て、台所を受け持ってくれます」

「はあ」

「仕出しなんか出しまへん」

「いや、それは楽しみです。僕はお茶会というのは出たこと無いんですけど、大丈夫かな」

「それならなおよろしいやおまへんか。一回見ておきなはったら、また何かの参考になるんと違いますか」

「有難うございます。三月二十六日ならまだそれまで日にちがありますから、お茶会のひと通りの心得というものを家内から聞いておきます。予行演習、しておきます」

すると、妻が、

「でも、着物着て行くの、大変」

「それでよろしい。いま着てはるその洋服で」

「そんならいいけど。何時からですか」

「午前十時から夕方の四時まで。いつでも何どきでも」

そのあと、悦郎さんは貰ったお嬢さんが中学の入学試験を受けるので、明日、願書を出しに行く、キリスト教の学校なので、うちは仏教ですけどよろしおまっかと聞いたら、関係ないといったという話をした。

おそらくは商売一途に励んで来たに違いないこの人の生活に、いま初めて世間並に子供の入学試験の心配というものが加わったわけである。

「これまでしょっちゅう泊りに来てたんです。それで、休みの日なんかに私がその子を連れてデパートやなんか行きますやろ」

「ええ」

「ところが、みんな、私に子の無いことを知っている。二人で歩いているところを見かけた人がいて、これはおかしいというので家内の耳に入れた。あんたの御主人、この間、これくらいの女の子を連れて歩いてなさったと親切心で知らせてくれた」

これがいてるとの違いまっかといいながら、悦郎さんは小指を立てると、私の方に身体を寄せて来た。

「なるほど」

「これはいかん、そういう噂が世間に立つようでは困る、正式に披露目をやらないかんと思うたんです」

悦郎さんは来月二十六日のお茶会がどういうわけで開かれるようになったかを、私たち二人に打明けてくれた。

三

二月の末近く芦屋の悦郎さんから封書で次のような文面の案内状が届いた。

拝啓　梅の花もようやくほころび始めました　皆々様御機嫌よくお過しですかお伺い申し上げます

偖　左の日時に久々に粗釜を相掛けたく存じます　ご多忙の折とて恐縮に存じますがお繰合せご来臨お待ち申し上げます

日にちはこの前、悦郎さんから聞いた通り、三月二十六日の土曜日である。時間は午前十時から午後四時まで。二月吉日としたあとへ、先日は大変失礼致しました、其節御心入の品有難う存じましたと書いてあった。

この年になってどこかからお茶会に招かれようとは思わなかったので、私は印刷された文字を繰返し読んでみた。

「久々に粗釜を相掛けたく存じます。なるほど、こういうふうにいうんだな」

「そうですね」

「ひとつ、言葉を覚えた」

養女のお披露目ですとはどこにも書いてない。ましてや北浜にある料理屋の板前さんが腕をふるった御馳走が出ますから、そのつもりでお越し下さいというようなことは書いてある訳がない。飽くまでもお茶を一服、飲んで頂きたい。それだけである。

「万事、表立たず、控え目にというわけだな。これがお茶の精神なんだろう」

「でも、ひとりでに分るんでしょう。どういう趣旨で開かれるお茶会かっていうのは」

「それはそうだろう。粗釜を相掛けるにはきっと何か仔細があるに違いないというので、早速、いろいろと問合せてみるだろう。で、お嬢さんのお披露目だと分る」

「そうでしょうね、きっと」

まだそれまで一月あるから、あまり早く習っても忘れるといけない。大阪へ行く一日か二日前になったら茶席における客の、これだけは頭に入れて置きたい心得をひと通り教えてくれといってから、いまは無くなった高麗橋の坂田の家について妻に尋ねてみた。

先ずその場所だが、二月に行った時に阪急百貨店のそばの新聞売場で求めた最新大阪市街図を畳の上にひろげた。「大阪のビジネス街」として別に船場のあたりの詳しい地図も出ている。こっちが分りよい。

いちばん上を流れているのが、この前、中之島のホテルの九階の部屋から眺めた堂島川である。次が土佐堀川。このあと、北浜、今橋、高麗橋と格子のようになった町並が続く。

悦郎さんはお祖父さんから船場の町の名を詠み込んだ歌を教わったという。

「北々と」

これは、「来た来た」と掛けてあるわけ。

「今は高麗、伏見、道修」

どしょう、どうしょう、どっち行こか。

「平《ひら》、淡路。瓦、備後に安土、本町」

これが船場の町、丁稚が来たら先ずこれを覚えさせる。丁稚というのは方々へ使いにやらされるんです。全部、耳学問です。そういうふうに悦郎さんはいった。

確かにこれさえ覚えれば、少なくともいまは北船場と呼ばれる区域と中船場の一部は分る。

間違いようがない。そうして、初めて奉公した小僧さんが口遊んだであろうこれらの、古い町の名を、いま時分になって物珍しげに私は書きとめている。二十年以上も他国に暮していると、昔は全く縁の無かったこれらの町が、俄かに身近に親しいものとなって来る。

「堺筋はどれですか」

化粧品店の景品に貰った小物入れから眼鏡を取り出すと、妻がいった。

「これが堺筋。この赤い線で矢印が入っているのがそうだ」

「分りました。三越は？　あ、ここね」

大きな建物だから、否でも目に入る。

「ここが三越でしょう。方向はいつもとんでもない間違いをする方だけど、坂田の家ならはっきり覚えているの。毎週一回、この前を通ってお習字の先生のところへ行っていたから。女学校の五年から高等科を卒業するまで」

「お茶じゃなかったのか」

「お茶の先生もやっぱりこの近くでした。でも、もっと手前、電車通りの反対側にあったの」

それが坂田で紹介してくれた先生で、悦郎さんに会った時、岡先生、お元気ですかと聞いたら、

「まだ生きてはりまっせ」

といっていた。

「……ここが三越で、ひとつ向う側の道を左へちょっと入るの」

「電車通りから」

「ええ。高麗橋二丁目で市電をおりて、すぐなの。筋向いになるんです」

いまはうしろの通りまで証券会社のビルになっている。

「このあたりだと思うの、坂田の家があったのは」

そういいながら妻は鉛筆で大きな建物の隅っこのあたりに印をつけた。これで大体の位置は分った。

「道に面していて、かりくりからこの戸があって」

かりくりからというのは、引いて開けるようになった昔風の戸を指す。よく料理屋さんの玄関にあるように斜めに木を立ててあって、その横がいきなり格子窓になっている。塀が無い。坂田とだけ書いた表札がかかっている。

「戸を開けたら、そこが三和土の土間で」

ちょっと待てといって、私はノートを持って来た。入口のあたりだけでいいから、記憶に残っている間取りを書くようにいいつけた。いうまでもないが、自分が生れ育った家とはまるで趣を異にしている。

妻は、斜めになった、何と呼ぶのか知らない表の並んだ木とそのすぐ前の格子窓を書き入れてから、

「ここが玄関。ここに沓脱があって上れるようになっているの。お店というか、机が置いてある部屋。それが入ったところの左手で、玄関の突き当りはちょっとした仕切りがあって、戸か暖簾か忘れたけど目隠しがあって、そこから三和土が続いているの」

そこには炊事場があり、一段上ったところに居間がある。奥にずうっと長い。途中に小さい中庭があったような気がする。仕切りの程度の小ぢんまりした部屋が多かった。

「とにかく、こういう状態で奥へ続いているんです。間口は狭いの」

「鰻の寝床式か」

「そうなの」

二階はと尋ねると、どうだったかなあといって考え込み、これはあったのやら無かったのやら、はっきり答えられない。うろ覚えの見本のようなもので心もとない。だが、こちらも一回はこの家の奥の部屋に通されているのに、行ったことさえ思い出せないのだから、他人のことはえらそうにいえない。

「家の前はいつも水を撒いてきれいにしていました。手箒で掃いている人を見かけたこともあるし。中の様子はあんまりよく知らないの」

今度、お祖母ちゃんに葉書を出して聞いておきますといってから、習字の先生の家には控えの間があって、みなおとなしく畳の上に坐っている、順番が来ると襖を開けて入る、持って来たのを見せると直してくれる、次の回のお手本を巻紙に書いて貰って、それを頂いて帰る、一人ずつだから四人いたら小一時間は待たないといけないという話や、電車通りの角に大きな、品のいい喫茶店があって、サラリーマンらしい人がよくコーヒーを飲んでいた。お稽古の帰りに蜜豆なんか食べに入った、窓から三越の建物と市電の走るのが見えたという話をした。

尾道にいる妻の母から間もなく届いた手紙には、高麗橋の坂田の家の間取りが書いてあった。図面を書くのは特別苦手で、間違っている点もあるかと思いますが、大体の略図ですとあるが、詳しいものである。

玄関を入ったところが広い土間で、お茶道具を飾った硝子戸棚が置いてあった。それもかなり大きなものであったらしい。その品は四季によっていつも替っていたという。悦郎さんは、美術商もある程度、家に品物を並べてはいると話していたが、お祖父さんの店がそうであった。次に、土間の左手に机を置いた部屋がある。これは妻の記憶通りで、

「店員。机」

と書き入れてある。

その次が小さな土間、控室、広間の茶室、中庭、伯父と伯母の部屋、食堂、庭、いちばん奥が納屋となっている。その右手に廊下が通っている。

一方、廊下の右手には手前から部屋、水屋、小間の茶室、小さな部屋、炊事場、風呂と続いている。このうしろに倉庫があって、裏門の外は今橋二丁目である。

玄関の突き当りにちょっとした仕切りがあって、三和土が奥へ続いていると妻がいったのは当らずと雖も遠からずで、炊事場の裏に当るところは、通り土間となっていた。

広間の茶室も小間の茶室も、いつ来客があってもよいように、床の間の飾りつけ、置物、季節の花があっさりと活けてあった。また、中庭は花の木は少なく、飛び石伝いで、間は美しい苔で埋まっていた。茶人らしい庭の造りであった。履物は棕櫚の草履が置いてあった。青竹の生垣があり、いかにも静かな、心の落着くお庭のように覚えている。

いつであったか伯父のところへ伺った時、

「明日、客人があるので」

ということで、庭の手入れをする職人さんが来ていた。ところがその職人さんの手入れの道具が普通の家の庭の手入れに使うのとはまるきり違って、手箒から鋏にいたるまで小さな道具なのに驚いた。……

そういうふうに書かれてあった。また、二階があって、表に近い部屋には店員、女中部屋は階下になっていたことも附け加えてあった。これで大分、様子が分って来た。

お茶会の日は、暖くて風も無く、申し分のない日和になった。

私たちは九時に中之島のホテルを出た。阪急電車の乗り場はすっかり様子が変っていて、二人の鞄を預けるロッカーを見つけるのにもまごつくほどであったが、どうにか切符を買ってフォームへ出た。

特急に乗ると、ハイキングに行く女の子が向いに三人（そのうちの二人は姉妹らしい）、こちらに三人いる。服装はまちまちだが、みな真新しい運動靴を履いている。同じ職場で働いている仲間のように見える。私たちの斜め前で釣革に摑まっているひとりは、トランジスターをさげていて、その音楽に合せて腰を軽く振っていたが、電車が動き出すと殆ど音が聞きとれないくらい、小さくした。

この子は、前に腰かけている連れに、

「お握り、持って来た？　くれる」

と聞いた。

いい具合に十三で横が空いたので、坐った。これで三人、並んだわけだが、真中のお握りを作って来た子が、私の隣りの子に、昨日、兄さんと喧嘩をしたという話をしている。

それがどうやら今日のハイキングと関係があるらしい。兄さんも友達とどこかへ出かける約束をしていて、弁当を作ってくれと妹に頼んだ。いやだといった。ここで彼女は両手を交る交る突き出した。

よく分らないが、兄貴にやられたという意味でなく、自分の方が優勢であったような口ぶりである。二度も彼女はその身ぶりをしてみせたから、そうかも知れない。ところが、今朝、起きてみたら、何も無い。海苔が、それも一枚あるだけ。お握りを巻くのに足りない。具が何も無い。仕様がないから、ともかくそれでお握りは作って来た。数はある。そういう話をしている。

先に起きて出かけた兄が、妹に弁当を作るのを断られたばかりか、パンチを食った腹癒せに、彼女の用意していた材料を全部、食べてしまったのだろうか。きっとそうだろう。

向いの席にいる、気持のいいくらい太った子は、紙袋から柄附きのキャンデーを取り出して、横にいる友達に勧めてから（その子は首を振った）、ゆっくりといかにもこれから楽しむんだというふうに口に入れた。すると、もうひとりの子も同じように紙袋から一本取り出した。口もとへ持って来るまではゆっくりとした動作であったが、あとは速かった。キャンデーの方から吸い込まれたように見えた。太っているのがお姉さんで、右へならえをしたのは妹らしい。

この好ましい、生きのいい六人連れとは、西宮北口で各駅停車に乗換える時、別れ別れになってしまった。どこまで行くのか。六甲あたりだろうか。それとも神戸より先だろうか。私と妻は、間もなく芦屋川でおりる。悦郎さんは、駅からどのくらい離れているのですかと聞いた時、

「五分くらい」

といった。

道順は分らないが、大阪へ行ってから電話で尋ねてみようといっていたら、芦屋にいる「鈴木の叔母」から妻宛に葉書が来た。

坂田へ先日、用事があって寄ったら、今度のお茶会にお二人で来られると伺った。三十年ぶりに積る話をしたい。会のあとででも是非寄ってほしい。楽しみにお待ちしていますという文面で、駅から坂田までの道順を書き添えてくれてあった。

叔母の家から坂田までは四分とかからないくらいの距離だという。これでお茶会の支度で取り込んでいる最中に、電話口へ奥さんを呼び出して、道順を教えて貰わなくても済む。

「しかし、三十年になるかなあ」

「ええ。結婚して以来ですから」

「あれから会っていないのか、叔母さんに」

「はい。あれきり一度も」

またしても不義理をしている先が、ひとつ現れる。「鈴木の叔母」というのは、妻の母の妹であるが、戦後間もなく、私たちの縁談が決まった時、いろいろとお世話になっている。疎開先の岡山から早目に出て来た妻は母と一緒にこの芦屋の家に泊めて貰ったし、私は結納を届ける長兄のお伴をして行き、御馳走になった。（この兄はそれから二年後に三十七歳という年で亡くなった）

妻は、売店の赤電話で叔母のところへかけた。なかなか出ない。せっかちな私が、もう坂田へ行ったあとだろうといいかけた時、つながった。

「あ、鈴木の叔母ちゃん」

いま、芦屋の駅です。これからお玄関までちょっと挨拶に伺おうと思うんですけど、いいですかと尋ねてから、

「あの道、はっきり覚えてますけど、踏切りは二つ目だったかしら」

そうでしたね、思い出しましたわ、ではこれからちょっとといって、妻は電話の前でお辞儀をした。

これまで妻のいう通りに歩いて行って、ひどい目に会ったことがあるから、信用が無い。道は分っているのかと聞くと、上を振り向いて、

「これ、阪急電車ですね」

といってから、

「神戸はどっちですか」

「あっちだ」

何だか頼りないが、電車に沿った道を二人は神戸の方へ向って歩き出した。小学生の頃からよく泊りがけで来ていたというから、よもや見当違いの方角へ連れて行くことはあるまいと思いながら、

「見覚えはあるか。どうだ」

と念を押すと、この辺のお店はもとのままです、変っていないわ、花屋さんも染物屋さんもありましたという。

小さなガードがあって、次の踏切りを曲ると、向うの角を着物を着た、小柄な叔母が急ぎ足でやって来るのにぱったり出会った。間違って変な方へ行ってしまうといけないと思って、迎えに来てくれたのだろう。家まで行く。玄関の格子戸を開けて、すぐに失礼しますからといったのだが、さあ上って頂戴、では十分だけと叔母はいう。妻が、

「ちっとも変ってないわ。懐しいわ」

とあたりを見まわしていると、早く上ってとせき立てられる。

通されたのは落着いた座敷兼居間で、置き炬燵が真中にある。障子の外は縁側になっている。

妻は東京から持ってきた菓子の箱を叔母に渡した。

「御無沙汰しております」

「まあ、ようこそ」

私たちは改めて挨拶を交した。

「結納の時には本当にお世話になりました」

妻がそういって頭を下げると、

「え？　あれから会ってないの」

「そうですの。本当に御無沙汰してしまって」

まだ手のかかる子供がいたので、式には叔母は出られなかった。叔父だけが来てくれた。

「あの時、伺って以来です」

と私はいった。すると叔母は、あの時は二階へ通って頂いたのという。その二階は、年寄り夫婦だけになったので、出入り口は別に附けて人に貸しているのと話しているところへ、背広を着た叔父が入って来た。

「まあ、ようお越し」

そこで私たちはもう一度、長い間の御無沙汰をお詫びした。

「いいえ、こちらこそ御無沙汰ばっかりで」

叔母が、あとで御馳走が出るから何も出さないけど、こういうお茶会の前にはちょっとおなかへ入れて行く方がいいからといって、金沢のお菓子を出し、おいしいお茶を淹れてくれ、私たちは炬燵を囲んだ。

「叔父さん、本当にお元気そうで。ちっとも変っておられませんね」

「あんたもひとつも変ったはりませんな」

するとと、叔母が、今年で八十二になるのよといったから、私も妻も驚いた声を出した。とても八十二とは思えない。血色もいい。

「十年前にお店をやめたの。それから俳画と俳句を始めて、いまがいちばん仕合せといってるの」

「ああ、そうですか」

「俳画の方は習いたいという人がいて、週に一日だけ教えているの。私はお謡を教えているのよ」

「ほんとに楽しみです」

と叔父がいった。

「画をかいてると、すぐ時間がたちます。いつまでかいていてもひとつも嫌になりません」

「そうでしょうね」

と私はいった。

「先生について習われたんですか」

「はい。いまも習うております」

「あれは、おかきになったのですか」

茶箪笥の上にある色紙を指すと、叔父はあれはあんまり出来がよくないといった。私は立ち上って見に行った。一枚は梅に鶯、ひと息にかかれたようで、勢いがいい。鶯のあのすばしこい感じがよく出ている。

もう一枚は「住吉人形」。笹に吊された人形であるが、これもおおらかで、優しく、ふっくらとしている。

あとで妻が、床の間にもお雛さまの画が飾ってあった、叔母が頼むと、その場でたちまちかき上げたものだというのだが、私は床の間の方に背を向けて坐っていたので気が附かなかった。

壁に燈台のある風景をかいた水彩画らしいのが懸っていた。

「これ、老人会で串本へ行った時です」

「水彩ですか」

「はい」

向うでスケッチして、帰ってから色を塗った。時間が無いので、そうしないとかけない。

叔母は、妻から二月のはじめに悦郎さんと中之島のホテルで会ったと聞くと、そんなホテルになんか泊らなくても、今度はうちへ泊って頂戴、この部屋はいつも空いてるのといった。

「古い大阪の話だったら、叔父さんは靱でずっと商売をして来た人ですから、この人に聞いて頂戴」

「ああ、そうでしたね。鰹節問屋をなさっていたんですね」

妻がそういうと、叔母は私に向って、

「靱のことだったら生き字引きのようなものだといってるのよ」

そのあたりから叔母と妻、叔父と私の二手に分れて会話が進み、どうかすると相手の声が聞き取れないくらいになった。

私は叔父に、昨日もホテルへ着いてから、船場のあたりを歩いてみようというので、地図を持って出かけたが、結局、長堀川は埋立てられたというのが分ったくらいが収穫で、そのうち何か覚えのある通りへ来たと思ったらそこが心斎橋筋であったという話をした。

「途中で靱の横を通ったんです。地図を見ながら家内に、あれが靱公園だといったんです」

「あそこもよう木が茂りましたな」

「そうですね。向うが見えなかったくらいです」

「きれいになりました」

叔父が、靫には海産物の問屋が集まっているが、それぞれ専門が決まっていて、海産物一般を扱うということは無いという話を始めると、炬燵の向うから妻が、

「叔父さんはお医者さんか坊さんになりたかったんだって、若い時」

といった。

親のいいつけで家業を嗣いで、これまでずっと働いて来たけれども、商売には向いていなかったというのである。

私は、帝塚山にいる兄嫁が北久太郎町で文庫紙の問屋をしていた家に生れ育ったので、船場の商家の風習ならよく知っているのに、この前、悦郎さんに会いに大阪へ来るまでうっかり忘れていたという話をした。

その代りといってはおかしいが、つい先日、この店に丁稚として入り、戦争前に十年間奉公して、いまは東京の虎ノ門で自動車の部品を扱う会社を経営している方から船場の小僧さんの朝、起きてから夜、寝床へ入るまで、三度の食事、給金などについて詳しく聞かせて頂いたが、想像以上にきびしいもので、びっくりしましたというと、叔父は、

「まあ、格式、店員に対する躾の行き届いている点からいうても船場がいちばんですな」

といった。

靫はすぐ隣りではあり、船場のうちへ入れる人もいるくらいだが、少し違う。女中さんでも

船場から靱へ来ると、食べ物がいいといって喜ぶ。勤めそのものもいくらか楽になるらしい。また、それだけ行儀作法も落ちる。

そうはいっても靱はまだ船場に近い。これが鉄屋さんの集まっている立売堀になると、大分違って来る。出て来る女中さんをちょっと見ただけで分る。とにかく、船場は何につけてもいちばんきびしかった。

言葉について私は尋ねてみた。

「船場の人は丁寧ですなあ」

叔父は感心したようにいう。

「時候の挨拶なんかでも、こっちがいうて済んだらまた向うがいう。もうおしまいかと思ったら、まだ続く。いつまでも終りにならんのです」

だが、その昔ふうの船場言葉を話す人もいまでは少なくなった。これもやむを得ない。

「鈴木さんは奉公をされましたか」

「はい。中学を出て、京都の乾物屋へやらされました。そうせんことには使うてる者の気持が分らんいうて」

「そうでしょうね。京都のどこですか」

「錦いうて市場のあるところです」

二年間の約束で行った。ところが徴兵検査を受けたら、兵隊に取られなかった。それならもう一年おってくれといわれて、結局、三年になった。

「兵隊へ行かんでも済むいうので喜んでたら、その分よけいに奉公させられました」

そういって叔父は笑った。大正のはじめの話である。船場もきびしいが、京都も負けずにきびしい。

「丁稚になりますと厚司をくれます。あれがまたすかすかして、寒いんですわ。それに冬も足袋なしです」

「京都はまた大阪と違って底冷えがきついんでしょう」

貧しい家に生れ育った者でも辛がる丁稚奉公である。それも中学を卒業してから、いきなりそういう世界へ飛び込んだわけだから、京都の冬は格別応えただろう。

「胡麻の中にごみとか小石が入ってるんです。それを毎朝、洗って取るんです」

それから靭のお父さんの店へ戻って、ずっと鰹節ひと筋で働いて来たというわけである。そのお店は、いま、弟さんが嗣いでいる。次に私が、昨日、北久宝寺町の衣料品の問屋が並んでいるあたりを歩いてみましたが、店の前に段ボールの箱が積み上げてあって、トラックが止っていましたというと、叔父は、あのあたりは空襲で全部焼けましたが、いまはもとの通りになっていいます、昔と同じですといった。

「靫のお店は空襲に会ったのですか」

「はい。三月十三日の空襲で焼けました。あれは東京の空襲から三日あとでした。あれで大阪の中心部は殆どやられました。あとで知っている家の見舞いに行ったんですが、船場は一面の焼け野原でした」

このあと、五月に朝鮮の工場へ行った。そうしたら向うで終戦になった。三十八度線から少し北へ入ったところだが、鈴木さんは警防団長を引受けさせられていたので、警察へ連れて行かれた。

「帝国主義者や」

といわれて、そのまま留置場へ入れられた。(この帝国主義者という言葉が、おっとりした叔父の口から出ると、なんともいえないおかしみがあった)

「それでシベリアへ連れて行かれたのですか」

「いいえ」

ソ連軍が来たら向うへ連れて行かれる。危いところであったが、船で脱出した。工場長をしていた朝鮮人が、留置場に入れられた日から毎日、面会に来てくれた。いろんな食べ物をつくって差入れをしてくれる。本当によくしてくれた。無事に日本へ帰り着けたのも、この工場長のお蔭であった。

「奥さんは」

「家内はこちらにおりました。一緒に行ってたら危いところでした」

えらい目に会いましたという言葉が二、三遍、出たところを見ると、脱出に成功したといっても、ひと通りの苦労では無かったことが想像される。だが、いつまでもこうして話し込んでいるわけにはゆかない。

叔母が、今日は岡山から悦郎さんとは従兄弟同士でお茶の好きな道弘さんが出て来る、いま頃ちょうど坂田へ着いている時分で、みんなに会うのをとても楽しみにしているといったのを潮に、そろそろ出かけることにした。十分だけといったのが、話が弾んで思わず長くなった。

今年の正月に叔父がかいた達磨の画の色紙を頂く。それは八十になった祝いに親戚に配ったものだが、その後もちょいちょい達磨さんかいてくれという人がいるので、その都度かいて上げているんですという。「錦里」という署名が入っていた。それが俳句と画の雅号なのだろう。錦の里というのは、どういう由来があるのか知らないが、ゆったりとした物いいのこの叔父に似合っているように思われる。

私は叔父と一緒に先に表へ出た。二階の窓のところに小さな洗濯物がさがっているのが見えた。

「どのくらいになりますか、このおうちに住まわれてから」

「もう四十年になります。大分痛んでおりますけど、そのままにしてあります。手入れせんといかんのですが」

二階はどういう方に貸しておられるのですかと聞くと、

「甲南の先生です。まだ若い方で、親御さんもこの近くにいはります。ええ方です」

といった。

鈴木さんの息子さんが結婚する時、二階に炊事場をこしらえたそうだ。暫くはそこにいたのだが、やっぱり親と一緒でない方がいいのか、別になった。それで二階が空いてしまったという話は、家の中へ通された時に叔母から聞いていた。

家の前の路地の、塀と反対側に小さな植木にまじって草花が植えてあった。妻が、これは叔父さんが植えられたんですかと聞くと、そうです、庭が狭いもんですからといった。そこは私道になっているのであった。

白い花をつけたのがあった。きれいなお花と妻がいうと、名前を教えてくれた。ところが、帰りの汽車の中で二人で思い出そうとしてみたが、どうしても浮んで来なかった。

最後に叔母が出て来て、私たちは表の道を坂田の方へ向って歩き出した。

「散歩はなさっていますか」

「はい。毎日、山の方へ歩きます」

道はゆるい上り勾配になっていた。

「決まった時間に？」

「夏は朝早うに、涼しいうちに歩きます。あとは夕景に」

どのくらいですかと聞くと、一時間くらいという。朝の五時に起きて山へ上る人たちがいるが、その仲間には入っていない。

芦屋の老人会の副会長をしているという話は、家にいる時に伺った。よく旅行に行く。会員が七百人もいるので、引率して行くのはなかなか大変。行く前の用意もひと通りではない。本当ならいま頃は九州へ行っているところだった。お茶会があるので、止めさせて貰った。役員してると忙しいですと何度もいっていたが、やめさせてほしいといってもなかなか聞き入れてくれないのだろう。

道を曲って行くうちに間もなく坂田へ着いた。玄関はいっぱいの履物、上ったところにはコートを包んだ風呂敷包みがこれも置き場が無いくらい並んでいる。妻が二人分のコートを風呂敷に包んでいると、すぐあとから若い女の人が二人、男の人が二人、入って来た。

岡山から来た道弘さんがいて、挨拶をする。この人とも随分長い間、会っていない。帝塚山にいる私の兄と同じ年と聞いているから、一昨年が還暦であったのだろう。その時、米寿の祝いを一緒にした「難波の伯父」は去年、亡くなった。

妻が、御無沙汰しましたというと、

「久しぶりじゃなあ。これが末娘の緑です」

うしろに立っていた桃色の訪問着の、いい体格をした娘さんが、

「緑です。始めまして」

といってお辞儀をした。

「始めまして。お噂は伺ってますけど、お目にかかるのは今日が初めてなの」

「そんなもんかいなあ」

と道弘さんがいう。

私と妻が岡山へ行った時は、まだこの緑さんは生れていなかった。夏休みに（というのは私はその頃、学校に勤めていたから）叔父の家から近い鷲羽山の海岸で泳いだのがいちばん最後だが、あれからでも三十年近くたっている。

お客さんがいちどきになって、順番を待つ人が鍵の手になった廊下に立っている。

「私らは内輪だから、あとになってもいいから」

二階に今度、悦郎さんの養女になった加代ちゃんの部屋があるから、そこで待たせて貰いましょうかと鈴木の叔母がいった。すると、道弘さんは、

「そりゃいいけんよ」

私たちは東京まで帰らなければいけないのだからといい、叔父も、あとから次々とお客さんが来られるのだから、それだとずっと遅くなってしまうといった。

廊下で立って待つのは何でもない。どのくらい待たされるものやら見当もつかないが、それは皆さん同じだから、少しずつでも前へ行くのを楽しみにすればいい。で、せっかくこうして一緒になったのだから、離れずにかたまって並びましょうということになった。

廊下の途中に「〆切」と書いた貼り紙のしてある戸があった。私たちはそのあたりにかなり長い間、立っていた。今度のお茶会のために用意されたものではないことは、紙も墨のあとも新しくないので、分る。あるいはそこは納戸であるのかも知れない。お客さんがうっかりして戸を開けるといけないので、こうして貼り紙をしてあるのだろう。

鍵の手の廊下の先は、応接室である。そこも満員らしい。入口の手前の左手に戸があって、そこから紋付を着た悦郎さんが現れ、並んでいる人の横をすり抜けるようにして応接室の方へ行ったが、ふたたびそこから姿を消した。

そのうちやっと前の一組が茶室へ移って、応接室の中まで入ることが出来た。鈴木の叔父と私の二人だけが空いていた椅子に坐り、あとの四人は庭に近い方の床の上に並んで坐った。年配の婦人が何人もソファにいて、親しい間柄らしく、いくらか燥いだような口のききかたをしている。あとで茶席へ入ってから分ったのだが、みな、亡くなった坂田の伯父にお茶を習っていたお弟子さんであった。

ここでまたかなりの時間、待つわけだが、せっかちな私も、鈴木の叔父というい話し相手が横にいてくれたので、ちっとも苦にならない。それに、席入りはもう目の前まで来ているのだから、気持にゆとりがある。

こちらへ来る二日ほど前に、私は簡単な予行演習をしている。忘れてならない何個条かを頭に入れている。自分がお茶を頂く番になった時には、必ず次の客に向って、

「お先に」

ということも、茶碗を拝見する時には両手の肘を膝の上に置いて（高く持ち上げて落したりすると大変だから）支えるようにすることも承知している。

また（これはあとのお呼ばれの方であるが）、正客になった人が食べ終りましたというしるしに、お膳のふちに立てかけてあった箸を、

「こっとん」

と落すから、そうしたら、それに合せて自分の箸を落さなくてはいけないということも承知している。これはうっかりしていると忘れそうだから、特に注意しなくてはいけない項目に入っていた。

私は中学三年の夏休みに盲腸炎にかかったが、その時入院したのが江戸堀の山内病院という

二階建ての、部屋数も僅かな、小さな病院で、夕方になると、掘割の向いの家の物干しから店の若い人が川へ飛び込んで泳ぐ、こちらはベッドに寝たままその音を聞いていたという話をした。ひょっとして靱にいた鈴木さんがその病院の名前を覚えていはしないかと思って、聞いてみたのである。

「いや、存じませんなあ」

「そうですか」

北から土佐堀、江戸堀、京町堀、靱となる。地図を頭において考えると、すぐ近所のように見えるのだが、大きな病院ならともかく、町医者といってもいい、ささやかな個人病院では分らないのも無理はないかも知れない。

「仕事が終ってほっとする時だったんですね。いかにも寛いだように泳いでいるんです。きれいな水ではないいんですけど」

すると、叔父は、土佐堀で朝日新聞が水練学校を開いていたことがあるといった。それに出られたんですかと聞くと、いいえ、私はもっとあとで浜寺の水練学校へ行ったんですという。

「いつ頃ですか」

「中学の時です。一年生の時分に初めて入りまして、二年で卒業です。その明けの年からは助手として傭われて行きました。あの時、十六円くれました。十六円いうたら、えらい大金でした」

「明治の終りごろですか」

「そうです」

「で、ずっと五年まで」

「はい。五年間、夏になると浜寺へ通いました。靱から四ツ橋まで電車があって、そこから先は歩いて難波まで行くんです」

まだ南海電車が全線電化されていない時であった。汽車に乗って行った。

「きれいなところでした、浜寺は」

「そうでしょうね」

「松林があってほんまにええところでした」

私たちも中学生の頃、浜寺へよく泳ぎに行った。南海沿線でいちばん人出の多い、活気のある海水浴場であったが、あれが浜寺の海岸が賑わったおそらく最後の時代であったのだろう。

やがて戦争が始まる。

「遠泳はありますか」

「はい、ありました。泉大津から出て魚崎まで泳ぐんです」

「何年の時ですか」

「二年です。横に船がついて太鼓を叩いて行くんです」

「朝の暗いうちに出るんですか」

「いいえ、八時ごろです。それで魚崎へ三時ぐらいに着きます。真向いですから早かったです」

——「大阪百年」（毎日新聞社）の「浜寺カッパ」の章に、明治三十九年六月十五日付の大阪毎日の紙面に掲げられた社告が出ている。悦郎さんのお茶会の手伝いをしている、茶色の紋付を着た、感じのいい半東さんが、

「お次の方、どうぞお越し下さい」

と庭から呼びに来るまで時間があるので、それを拾い読みしてみることにしよう。

わが大阪の地、海近くして、しかして海に親しむべき機関をそなえず。海事の思想従って浅薄ならざるを得ず。時運は国民の海上発展を促しつつあり。海事思想の養成まず急にして、これらがためには国民、ことに青少年の男女をして海を知らしめ、海と親しむるにしくはなし……。よって本社は本年の夏季を利用して多数の男女の来遊に適せる平民的海泳練習所および海水浴場の新例を開かんとす。

それまで私は、鰹節問屋に生れた鈴木の叔父は、商業学校へ行ったのだと思い込んでいた。話を聞いているうちにどうもそうではなさそうな気がして来て、尋ねてみた。すると、

「神戸一中です」

というので、びっくりした。

「靭は小学校四年までです。あとは須磨におりました」

「中学の間、ずっとですか」

「そうです」

「それでは、浜寺へ行かれる時は靭の店へ泊ったわけですか」

「家は靭と須磨の両方にありました。夏休みの間だけ親元へ帰っていたんです」

そうすると、鈴木の叔父は靭に生れて、靭の店で一生の大半を過したとはいうものの、少年時代はむしろ神戸っ子であり、その後の住居もずっと六甲の麓の、花崗岩のあるあたりから離れなかったということになる。叔父の明るさは、そのせいだろうか。

「中学の同級生の会があるんです」

と叔父はいった。

「芦屋附近におるものだけですけど、毎月一回、集まります」

毎月というのは大したものではないだろうか。全部で二十何人とかいる。だんだん減って来

るので心細いですという。確かに殖えはしないのだから心細いに違いないのだろうが、この人がいうと、何となくのんびりした話のように聞える。

神戸一中から三高を受けて合格したが（その時分は九月から新学年が始まった）、親が店の方をやれといったので、入学はやめにしたといった時も、同じであった。せっかく難しい試験に通っておきながらみすみす見送るのは、さぞかし残念であっただろう。ましてや同じ京都の店へ丁稚奉公に行くのだからなおのことだろう。だが、それも俳句や俳画の楽しみについて語るのとあまり変りのない口調で話される。

子供さんのことを尋ねた。男の子がひとりきり、それも出来たのが遅かった。（叔母が四十の年といったのだろうか）子供が生れないので、弟の子を貰って養子にしようと思っていたら、生れた。

この息子さん夫婦は、いま、叔父夫婦の家から遠くないところに住んでいる。お仕事は？月給取りです。孫もおります。

そのあと、鈴木の叔父の属している俳句の雑誌の話も出た。主宰していたのはホトトギス系の俳人で、先年、八十いくつとかで亡くなったけれども、あとを嗣いだ子息が（息子さんといってもかなりの年である）しっかりしていて、とてもいい句を作られます、またそのお孫さんも俳句をしているというふうに続いて行くのだが、これだけにしておこう。

（この応接室の壁際に硝子の棚があって、煎茶の茶碗や茶器を飾ってあり、それぞれ値段が附いている。また、向うの小さな机には芳名簿がひらいたままになっていて、文鎮代りに扇子が載せてあった。私たちはそこへ署名した）

一方、床の上に坐っていた方では、従兄の道弘さんが、妻に土筆は好きかと尋ね、好きですと答えると、

「そりゃよかった。今朝、緑と二人でいっぱい摘んで持って来た。新わかめも持って来た、少しじゃけど。あとでことづけるから」

といい、その土筆はどこに生えているのと聞くと、

「門の横の空地に生えてるよ。まあ、いっぺん二人で来なさい。ままかりもあるし、近くに閑谷黌もあるし、田舎じゃけど、なかなか面白いものもあるよ」

といった具合に、こちらはこちらで話はとぎれることが無かったらしい。

で、やっと順番が来て、庭から茶室へ入る。あとにまだ大勢待っているのと、私たち六人を途中で切り離しても困るというので、半東さんは無理をして詰め込んでくれた。全部で十三人になった。

あとは婦人の客ばかりなので、半東さんは岡山から来た道弘さんに正客になってくれるように頼んだ。「難波さん」といっていたから、よく知っているのだろう。鈴木の叔父も、それが

よろしいな、お願いしますというので、引受けないわけにゆかなくなった。

この若い、ふっくらした顔つきの半東さんは、悦郎さんのただひとりの子飼いの番頭さんということであった。鈴木の叔母によると、悦郎さんが仕込んで、別家させて、いまは名古屋に茶道具屋の店を持っているという。正夫さんといっているが、苗字は知らないそうだ。

その正夫さんが黒塗りの重ねた箱に入れた主菓子を運んで来て、正客の前に置く。すると、道弘さんは、

「こりゃ、お雛の御趣向ですな。こりゃ、ほんとに可愛いですなあ」

といいながら懐紙に取ったのを見ると、桃の実のかたちをした、赤いお菓子である。

すると、隣りにいる鈴木の叔父が、上着のポケットから、さっき家を出がけに叔母から手渡された懐紙を取り出し、こちらを向いて、

「紙、持ってはりますか」

「持っております」

これを取りまわすと、次は干菓子が運ばれる。高杯に入った菱餅のかたちをしたのと、赤と金の器に入った桃の花のようなのと、飴のようなのと取り合してある。

みな、口々に、

「可愛らしいね」

といいながら、自分の懐紙に取ってまわすうちに、水色の色紋付を着た、悦郎さんの奥さんが出て来て、お点前が始まる。

やがて亭主の悦郎さんが茶道口から現れて、本日はようこそとお辞儀をすると、一座はざわめく。待ち兼ねた人がやっとのことで出て来てくれたという気配があった。年配の婦人の中でもいちばん古株らしいのが、

「やっぱり悦郎さんが姿を見せはらんことには」

というと、

「締りまへんか」

みなが、そうですわというふうに頷き合うのを見て、

「私は今日は、千両役者だっさかいな。皆さんを玄関へお送りするまで何もかもやらんならん。忙しいこっちゃ」

道弘さんは、

「これはこれはさきほどから結構なお心くばりのおもてなしで」

と大きな声で挨拶をする。それからほかの客に向って、私の父と悦郎君のお父さんとが兄弟でしてといい出すと、それではお従兄さんで、まあ、そうでございますかというやり取りがある。

誰かが床の間の、流し雛の軸に添えられた、「曲水や」で始まる俳句の、次の字を悦郎さんに尋ねる。それが一字であるのか二字であるのかも、私には分らなかった。

「縁起」

悦郎さんはそういってから、

「千代のすがたかな」

ああ、縁起、それで読めましたと古株の婦人がいう。どうやらこの人は残りも苦もなく読めたらしいが、こちらはそうではない。先ず間違いなしにいえるのはおしまいの「かな」だけであった。

もっとも、こうして紋付を着て正面に坐った悦郎さんが読み下すのを聞くと、そんなことは忘れてしまって結構な気分になる。

はじめの一服のあと、今度は小ぶりの、これもお雛さまらしい、可愛い茶碗でもう一服、頂く。あとの方は正夫さんがあちらで点てたのを運んで来た。みんな、口々に可愛らしいわとこの小ぶりの茶碗を賞めた。すると悦郎さんは、

「持って帰りなさんなや。手頃な大きさやから」

といって、自分の袂へ入れる仕草をしてみせた。欲しいわといい出す婦人がいて、しまいに悦郎さんは、

「危いなあ。もう仕舞うとこ」

といって下げてしまった。

で、その間にいろいろと拝見する。お茶を習っている人にはこれが大変な楽しみなのだろう。確かにすみれの花の蒔絵の入った棗なんかは、眼福というふだんは忘れてしまっている言葉がひとりでに浮ぶほどのものであった。だが、粗相があってはせっかく招いてくれた悦郎さんに対しても奥さんに対しても相済まないという気持でいる私は、びくびくものである。

実をいうと、二つあった棗のどちらの方であったか、覚えていないが、手に取ってうっかり傾けかけ、隣りにいた女の人が思わず、あ、といったので気が附いた。茶碗の拝見の仕方は予行演習の時に教わったが、「両器の拝見」（という言葉もこの失敗のお蔭で覚えた）までは手がまわらなかった。棗の場合、そっと蓋を取って、中を覗かなくてはいけない。妻が感心していたが、緑さんはハンカチで何度も手を拭き、しかもなお棗を持たずに見ていたそうである。手が汗になったからというのだが、こういう心がけでないといけないのだろう。

お点前は終った。みんな、床の間を拝見してから座敷の方へと出て行く。私は、廊下の壁に坂田の伯父と伯母の写真がかかっているので、あとで見せて貰おうと思っていた。ところが、部屋から出ようとしたとたん、額を鴨居にぶつけてしまった。幸いあとに残っていたのは鈴木の叔母と緑さんと妻の三人きりで、床の間の前にいたから、見ていたのは写真の中のお祖父さんとお祖母さんだけであった。

にじり口から入る時は、どこにもつかえずにうまく行ったので喜んでいたのだが、油断してはいけないということなのだろう。痛かったので、写真のことは忘れて、座敷へ行った。（坂田の伯父のお弟子さんのひとりであった、古株の婦人は、稽古には非常にきびしい方ではあったが、にこにこした、優しい顔をしておられた、この写真は感心しないというふうにいってい た）

座敷でお呼ばれが始まる前に、二羽の鶴を描いた金屛風のかげから振袖を着たお嬢さんが現れ、悦郎さんと奥さんの間に坐って挨拶をしたのだが、思わずみんなの口から、可愛いわという声が洩れた。

「これが加代と申しまして、今度、娘になりました」

と悦郎さん。

すると、さっきの古株の婦人が、

「悦郎さん、奥さん選るのもお嬢さん選るのも上手なこと」

「こうなったら、ますます張切らないけまへんな」

照れかくしではない。おそらくそれは正直な気持であるだろう。赤い頰をした、いかにも健康そうな女の子である。本当にいいお子さんを貰ったと、この日のお茶会に招かれた客は、ひとり残らずそう思ったに違いない。あとで薄紫の訪問着を着た女の人と二人で交る交るお膳を運んでくれる。その度に、加代でございます、どうぞよろしくという。のみならず、お酒を注いでまわる。私のところへ来ると、悦郎さんが、この人には沢山注いで上げてやという。鈴木の叔父もそういうし、叔母もいう、道弘さんもいう。その度にちっとも面倒がらずに注いでくれる。黙って注ぐだけだが、愛敬が溢れているから、酒はおいしくなる一方である。奥さんも何度となくお酌をして下さる。

悦郎さんは私の前へまわって来た時、膳の上のお椀の蓋を見て（この菱餅のかたちの生麩の入った白味噌仕立てのお椀がまた格別おいしくて、私たちは悦郎さんに勧められるままにお代りをした）

「この方がよろしいのと違いますか」

といったが、これだけは母と子で注いでくれるのなら、盃の方がいい。私ひとりで酒を頂いているような塩梅になって来たが、はるばる東の国から来たのもこの嬉しさを味わうためである。

何の拍子であったか、悦郎さんが、

「生島が二十三日に死にました。一昨日、お葬式を済ませました。私が全部取しきりました」

といったのは、この前、中之島のホテルで会った時、親代りになって自分を仕込んでくれたこの番頭さんの話が出たからだろう。いま、具合が悪くて寝たきりですと話していたが、そんなに悪くなっていたとは知らなかった。

「そやけど、子供がみな立派になってますから、あとの心配はおまへん」

お目にこそかからないが、たった一度の悦郎さんの話を通して深い親しみを覚えずにはおられなかった生島さんと、たちまちお別れしてしまった。もしお元気であれば、是非会って、話を聞かせて頂きたかった方である。子供の無かった悦郎さんの、養女のお披露目の席で亡くなられた知らせを聞くのも、何かの縁であるような気がする。

こういう席で縁起でもないという人もいるかも知れないが、そういう気持にはならなかった。あとで妻は、茶室にいる時、鈴木の叔母から生島さんがちょっと前に亡くなったと聞いて、びっくりしましたといった。悦郎さんの奥さんは加代ちゃんの入学やらこのお茶会の準備やらで忙しかったところへ生島さんのお通夜やお葬式が重なって、疲れて声が出なくなったそうだ。

……

この辺で雛のお茶会の幕を閉じることにしよう。玄関で道弘さんが写真を撮ってくれ、土筆と新わかめの入った包みを頂く。鈴木の叔父が駅まで送って来てくれた。芦屋川の堤の桜は、やっと蕾がひらきかけたところであった。この桜が海の近くまで続いているんですと叔父はいった。

四

東京へ戻って間もなく芦屋の悦郎さんから今度は奉書の巻紙に印刷された挨拶状が届いた。

謹啓　桜花爛漫の好季となりました
皆々様益々ご清祥のこととおよろこび申し上げます
過日は遠路わざわざお越しいただきました処何の風情もなく洵に失礼いたしました
なお　其の節は格別御祝の品過分に頂戴いたしまして厚く御礼申し上げます
今後ともよろしくお願いいたします
先は取急ぎ御礼まで

拝具

「いや、なかなか大変だなあ」

たっぷりと間を取って組まれた大きな活字を眺めながら私はいった。日付のあとへ名前が来る。そのあとは、沖合はるか遠くまで目を遮るもののない海のように、ひろびろとしている。案内は角の洋封筒で来たが、こちらは封筒も奉書であった。

「本当ですね。あとの挨拶までこうしてきちんとしなくてはいけないのね」

「出かける方は気が楽だ。ここから芦屋までは確かに遠路には違いないが、行って帰るだけでいいんだから」

頂いた引出物は、お茶会に出されるような菓子であった。外は濃い赤の、外郎に似たようなもので、切ると中から玉子素麺が現れる。つまり、太巻の御飯のところが外郎で、具に当るのが玉子素麺といえば分りよいだろうか。座敷でお酒を頂いている時、悦郎さんがこの引出物の箱を客の前へ一つずつ配ってまわった。

「婚礼ではないけど、まあ、それに近いようなものなんだろう、坂田家にしてみれば」

「そうですね。大事な跡取りが出来たのと同じことですから」

「目立たないように祝うんだから、よけい手間ひまがかかる」

これまで子供のいなかった家にお嬢さんが加わる。金屛風のかげから出て来たとたんに、もう親子三人である。

「こうなったら、ますます張切らないけまへんな」

紋付がふだん着のような悦郎さんの、あのひとことにすべてが籠められている。茶室の前の廊下に懸っていた額縁の中で、坂田の伯父は隣りのお祖母さんを顧みて、

「その通りや。いまいうたことをよう忘れんようにしなはれや」

といったかも知れない。

この挨拶状より二日ほど早く、鈴木の叔母から妻宛に次のような葉書が届いた。

御遠路を、またお忙しい中をようこそお越し頂き嬉しうございました。三十年振りとて積るお話をと夢みる思いでお待ちしましたが、何分にも時間が短く、なんとなく心忙しくて万分の一も意を尽せませんでした。でも、短いだけに一層心に深く通う温さを感じ、私こそほんとうに嬉しうございました。これも長生きしていたお蔭と身の幸せを感謝して居ります。殊に坂田家と近いところに住んで居りますことがどんなに心強く楽しいか分りませんのよ。お蔭様で主人もご覧のように好きな俳句と俳画で日のたつのが早過ぎると歎くほど、日々是好日の毎日を送って居ります。この度のお茶会で御主人様とお目にかかるこ

とが出来、殊のほかお親しさを増し、主人こそこの上もなく喜んで居ります。昔の大阪のことは割によく知って居りますから、この次には泊りがけでお越し下さい。夜の明けるまでお話が続くと思いますよ。大阪の靫の幼稚園を出まして七十五年になりますが、その当時の友人が四人ほど存命で、毎月、幼稚園会をして居りますのよ。是非々々御来宅下さい。お待ちして居ります。御主人様より御丁重なお便り有難く、主人よりくれぐれもよろしく申して居ります。

妻の出した礼状に対する返事であるが、葉書の表の下の方まで使って、細かい字で書かれてあった。子供の時分にこの叔母は妻の実家へ来ていたことがあり、鈴木の叔父と結婚してからは（それが小学四年の頃であった）、芦屋の家へ姉と一緒によく泊りがけで遊びに行ったというから、親しさは格別のものであったのだろう。

「夏休みになると、手芸の宿題が出るの。それをみんな、叔母が作ってくれるんです」

それは女学校へ入ってからのことだが、手先が器用な叔母が人形をこしらえたり、刺繡をしたり、菓子の塗りの箱にペインテックスで花の絵をかいてくれたりした。この叔母は若い頃、日本画を習っていた。

長い間の不義理を咎めもせず、お互いに思いがけなかった再会を喜んでくれて、こちらとし

ては恐縮するほかない。一日遅れて着いた叔父の葉書には、

「先日は折角お越し下さいましたのに何のお持てなしもなし得ず失礼いたしました」

とあり、本のお礼が書いてある。この前、叔母と約束したので、帰った翌日、妻が小包を作って私の随筆集を送った。ところが、本が届いたその日に大方読んでしまったばかりでなく、書名の草花の名を詠み込んだ俳句まで添えられているのには私も妻もびっくりした。それがお土産に頂戴した色紙の、あの達磨の画に通じる、おおらかで、おかしみのある句なのであった。

みんなと別れたあと、帰りの汽車の中で、ゆったりとしていながら、中身の詰まっていた半日を振り返って、いろいろと話した。そろそろ出かけようという時になって、

「達磨さんの、出せえ」

と叔父はいったのである。

その色紙を前にして叔母は、ボール紙を切って、先を少し折り曲げて、色紙の裏に貼りつける、簡易色紙立ての作り方を教えてくれた。叔父が、紙に包んで上げるようにというと、奥から包み紙を出して来て、子供の時分からの呼び名で妻を呼び、

「包んで頂戴」

といった。叔父が、

「何や。しまつな紙、出して」

と笑いながらいったのがおかしかった。……

叔父の葉書の終りには、

「家内も是非また御来駕の程をお待ちしていますから御下阪の節は御立寄り下さい。乍終筆皆さんに宜敷御伝言下さい」

とあった。

もし悦郎さんの都合がつきさえすれば、いずれもう一度、妻と二人で大阪へ出かける日が来るだろう。その時は芦屋へ足を伸ばして、叔父夫婦に会いたいものだ。これで楽しみが倍になる。飽くまでも古い大阪の街を中心とする方針に変りは無いが、甲山や六甲の山が背景として入って来るのは歓迎すべきことのように思われる。

岡山の道弘さんからは、もう少しあとになって、お茶会の日に撮った写真が送られて来た。竹筒の花生けに貝母《ばいも》と椿を投げ入れた、茶室の床の間の柱が写っているのもある。お呼ばれの最中のもある。加代ちゃんが私の盃にお酒を注ごうとしているところがある。みんなの着物の色や柄までよく分る。

「道弘さん、なかなかうまいな」

「そうですね。これなんか、面白いわ。みんな同じ角度に身体を傾けて」

お膳の上の料理にそれぞれ立ち向っているみんなの表情が巧みに捉えられている。画面の手前には、悦郎さんの奥さんの好子さんが、二合は入る銚子を両方の手で持ち、いかがでございますかというふうに差し出そうとしている。鈴木の叔父の隣りだから、相手はきっと叔母だろう。

晩酌はなさいますかと私が叔父に尋ねた時、ちょっと頂いても赤うなる方でといい、家内はやりますといったのを思い出す。

ここで「北久太郎町ノート」を開いてみることにしよう。

前の回でちょっと触れたように、今度、悦郎さんに会いに大阪へ行ったのがきっかけとなって、帝塚山の兄嫁の実家で北久太郎町一丁目の文庫紙店に十年間、奉公していた内田さんという方から当時の思い出を詳しく聞かせて頂いた。それがこのノートに入っている。

亡くなった坂田の伯父は、苦しかった丁稚奉公の話をよく悦郎さんにしたそうだが、行き着くところは、

「いまの若い者は結構過ぎる」

という小言であった。

一方、これから商売を覚えたいという悦郎さんの身柄を番頭の生島に預ける際に、主人の孫やと思うてくれたら困る、よそから来た丁稚やと思うて使うてくれといって頼んだ。つまり、

坂田の伯父は、一人前の商売人になるためにはどうしても肌身で知らなければならないものとして丁稚奉公を考えたわけだろう。これを欠いたのでは、修業は成り立たなかったのだろう。

では、それだけ坂田の伯父が重要視した丁稚奉公とはどんなものか。年端のゆかない子が何遍も辛い辛いといって親元へ帰るくらいだから（坂田の伯父自身がそうであった）、よほどのものだという想像はつく。

あるいはいま時分になって私が関心を抱くようになった、昔の街なかの大阪というものの、ひとつの要素がこの丁稚奉公であるかも知れない。誰かそれについて話してくれる人はいないだろうか。悦郎さんを預かった生島さんが、御主人のいいつけ通りに、「よそから来た丁稚」のように仕込んでくれたことは疑いないとしても、そうはいっても全く同じというわけにはゆかないだろう。二人の間柄にはやはり特殊なものがあったと考えるのが自然であり、そこがまた私の気持を惹きつけるのである。（京都の乾物屋へ三年間、奉公をした鈴木の叔父には、まだこの時は会っていなかった）

この点、内田さんはかけ値なしの、ぎりぎり正味の丁稚奉公を味わった方といえよう。いうまでもなく大阪にいる兄夫婦の紹介で、私は願ってもないお話を聞かせて頂くことになったのだが、それは次のようなふうにして実現した。

前にもいったように内田さんは自動車の部分品を取扱う会社の社長さんである。東京の虎ノ門にある店で、大学を出た三人の息子さんと一緒に仕事をしておられる。（それが三人とも実に気持のいい方なので、初めてお目にかかった時、私はびっくりした）その二番目の息子さんが四月に大阪で結婚式を挙げるので、兄夫婦のところに当日の仲人の役がまわって来た。

内田さんがいうには、急な話なのでどうかと心配していたら、ちょうどいい塩梅にその日だけ空いているというので引受けて頂いた、では改めてお願いに行きますといったら（その時は電話であったので）、来なくてもいいといわれる、そんなわけにゆきませんからといって大阪へ行き、梅田のホテルでお目にかかったというのである。

ところがその席で、先生が（というのはいま大学で教えている兄のことだが）、ひょいと思い出されて、内田さん、弟が古い大阪のことをよく知っている人がいたら会いたいといっているので、話をしてやってくれんかとこう仰言った、お役に立つかどうか分りませんが私の方はいつでも結構ですからお目にかかりますといわれる。

この電話が私のところへかかったのが、大阪で内田さんと兄夫婦が会ったその翌日の午前中である。何事によらず口に出すのはやさしいが、さて実行に移すとなると簡単にはゆかなくて、つい日にちがたってしまう。そうなるとますます約束は守り難くなるものだ。内田さんのような方は珍しいのではないか。私が葉書で兄に知らせると、そのうち手紙を書こうと思っていたが、もう連絡があったのかと驚いていた。

間もなく私は虎ノ門の内田さんの店から五分とかからないホテルの、静かなバアで話を伺った。どうして丁稚奉公をしたか、先ずそれから始めるのがいいかも知れない。

「私の母が安堂寺橋通四丁目で古着屋をしていまして、そこで生れたひとり娘です。母も私も芦池小学校です」

いまは無くなった長堀川の、心斎橋と四ツ橋の中間の佐野屋橋、そこを北に入った二軒目の東側に店があった。

「あの通りはずっと古着の問屋さんですね。昔は呉服物というと新しいものより古いものの方が値打ちがあったんですね。一回でも二回でも袖を通したものがいい。それで古着屋さんが繁昌しました。うちは古着と新しいのと半々でした」

そこは店で、順慶町三丁目の、昔、そこにちょっと空地があって、憲兵隊の船場詰所といったか、分遣隊といったか、そういうものがあったが、その真ん前に自宅があった。一間路地で、その奥に離れ附きの家があった。

「いまでいう既製服、あれの荷造りを朝から晩までやっていました。筵の上から荒縄かけて。それと婚礼の、花嫁さんの貸衣裳なんかもするんですね。私の、ちょっと親戚にもなるんですが、役者に貸す衣裳の店がありました」

「役者の?」

「はい。いまなら撮影所の中に持っていたのでしょうが、そういうところがあったようです」

ひとり娘であった母が養子を迎えたのが、十八か九の頃。父は奈良で藍の染物屋の長男であった。長男がどうして養子に来たのか、そこのところはよく分らない。紺屋だから、呉服屋とは関係があったのではないか。そんな具合で裕福な暮しをしていた。ところが、祖父がお茶に凝り出した。お茶に凝るというのは、道具に凝るということで、その結果、莫大な借財を作ってしまった。

「当時、いまの御堂筋の大宝寺町から鰻谷の附近にかなりの地所を持っていたらしいんですが、お茶で一代潰してしまいました」

はじめは安堂寺橋から島之内の大宝寺西之町へ引越した。ちょうど大丸の西のあたりになる。そこでも相変らずお茶でひと財産潰して、大宝寺西之町の家も人手に渡り、自分のところの家作に建てた、文楽座の真西にあった家へ越した。鰻谷西之町——ここで内田さんの一家はいちばん貧乏な時代を送ることになる。

「そこで私は大きくなったんです」

「御兄弟は」

「私は十人目の子です。末っ子でした」

坂田の伯父は八人兄弟であったが、船場から天満へ引越したあと、明くる日から食べなくてはいけないので、男の子はみな奉公へ出したという。内田さんのところも似たような境遇である。

「兄もそれぞれ奉公に出まして、私はまあ、あの当時、南区には高等小学校が一校しか無くて、鰻谷東之町に育英高等小学校がある。南区の、中学校へ行けない者がみんなそこへ寄るというようなことでした」

当時、芦池小学校の四十名くらいのクラスで高等小学校へ行くのが四、五名、あとは商業学校なら天王寺商業、東商業、西商業あたり、中学校なら高津か天王寺、住吉あたりへ入るのが多かった。内田さんの受持の先生が、高等小学校はやめにして、市岡にあった住友職工学校へ行かないかと勧めてくれたので、試験を受けてみた。幸い受かった。

そこを卒業すると、住友の工員のうち職長クラスに入れる。それより何より貧しい家庭の者にとって有難いのは授業料が要らない、教科書はただでくれるということで、これならいいだろうと思ったら、父が反対した。

「やはり商人の子が職工というものになるのはいかん」

という。

それは表向きの理由で、たとえ授業料が要らない、教科書はただでくれても、入ったが最後、三年間というものは家で食べさせなくてはいけない。それで反対したのではないかと思う。いかんといわれたら仕様がない。涙を呑んで止めた。

「あの南区で高等小学校の中に十三学級ありまして、二クラスが工業学級、あとは全部、商業学級で、簿記とか商法の簡単なものを教えてくれる。英語が週に一遍くらいあるんです」

嵐先生という方がいて、非常に目をかけてくれた。ひとまわり年が違うけれども、兄がこの先生に習っている。円棒で罫を引いて簿記の稽古をするのだが、たまたまその円棒に兄の名前が書いてあった。

「お前、どういう関係か」

「私の兄です」

そういうことがあって、一層目をかけてくれるようになった。

先生のお宅が南海電車の萩之茶屋の近くの長屋であった。こちらの家庭の事情を知っておられて、日曜日にはよく遊びに来いといわれて出かけて行った。ぜんざいを作ってくれたり、食事を呼ばれたりした。そのうち卒業の日が近づいた。

「私の父親は当時、呉服のかつぎ屋というのですか、いわゆるええし（金持）のお宅へ品物を持ってまわっていましたが、卒業したら、どこか奉公に出そうやないかと、出すことは出すが自分の息のかかったところへやるのは嫌だというんです」

一方、嵐先生はせっかく優等賞を貰って卒業するのに丁稚奉公をさせるのは惜しいといわれる。

「聞いてみると、君は英語が好きだという。それなら役場か銀行へ世話しよう。銀行なんかだと晩が早いから、終ってから土佐堀のYMCAへ行けるんじゃないか」

英語が勉強できるというのが何より嬉しい。お願いしますといったら、早速、当時の協和(でなかったかも知れない)貯蓄銀行へ履歴書を持って行ってくれた。ほぼ、決まりかけた。ところが銀行へ勤めるようになってもやっぱり食べさせないといけない。着物を着せなくてはいけない。やっぱり丁稚奉公がいちばんだということで、この話も結局、お流れになった。

父は船場に長年住んでいたので、自分の取引先はいっぱいあるが、そこへはやりたくない。全く関係の無い店がいいという。

「ところが私の姉、といっても私と二十歳以上違っている姉ですが、そのお友達が堀江の阿弥陀池の近くで貴金属の持ちまわりをしている井沢さんという方の奥さんです。船場に大きなお得意さんをいっぱい持っている。そこへたまたま私の母が参りまして、こういう訳で末の子を奉公に出したいんですが、どこかいいお家がありましたら宜しくお願いいたしますと頼んだわけです」

そうしたら、北久太郎町一丁目に浮田商店といって着物の文庫紙では大阪で三軒くらいの中へ入る店がある、そこへ紹介して上げようといってくれた。

「で、井沢さんに連れられまして、お目見得に行ったのが三月十七日です」

「昭和の何年ですか」

「六年です。私が育英高等小学校を出ましてから、このお目見得までに一年のブランクがあるんです」

それはどうしてかというと、自分は嵐先生の勧めてくれた銀行へ行きたかった、それを父親が許してくれないので、反抗した。どうしても英語が習いたいので、黙って土佐堀のＹＭＣＡへ申込みに行った。

幸い母が理解があったので、父に内緒で行かせてくれた。どこにも勤めない。親父には反抗する。そういう状態で夏までＹＭＣＡへ通った。もっとも、長男が当時、酒の小売りをしていたので、酒やら醤油の配達を手伝ってはいた。（この兄がせめて商いに身を入れてくれていたら、あれほどまで困らなかった筈だが、大変な極道者で、反対に親の苦労の絶え間が無かった）

その頃、たまたま井沢さんのお宅へ行ったら、お前のお母さんに頼まれている、船場へ奉公に行かないかと勧めてくれた。奉公するのは厭わないが、英語が習えないのが辛いと自分の気持を話した。しかし、あなたが奉公しなかったら、御両親が困る、ここはひとつ辛くとも親を安心させてやってほしい。何遍も世話をしてやろうといってくれているうちに日が延びて、一年たった。

「それで三月十七日にお目見得に行ったんです。絣の着物を着まして、持っているものといっては歯ブラシと手拭い、それと母から貰った五十銭玉ひとつ。それが私の唯一の財産です」

大旦那の高太という方は、当時、六十を越していた。味原町の本宅にいて、稍々、隠居気味。お子さんは五人いて、上に女の子が三人、下に男が二人、その長女の方の旦那さんがあとを嗣いでいた。

「その方にお目見得して、入れてやるということで即日採用です」

あの当時で五十名くらいお店の人がいた。通いで来る別家の人が四、五名、番頭が七、八名いて、あとはまあ小僧さん。ところが御主人の出身地が岡山県なので、殆どの人が岡山から来ている。あとは兵庫県が少しいるだけ。

そこでひとつ釘を挿されたのは、自分は家が四ツ橋のところにある。自転車に乗れば十分もかからずに帰ることができる。ほかの者は殆どが岡山だから、帰りたくとも帰れない。これは約束しろ、絶対に盆正月以外に帰るな。

「こういって釘を挿されました。私もこれは守りました。徴兵検査までに自分の家へ帰ったいうのは、年に二回か三回だけ。自転車ですぐ横を走っていても寄らなかった」

「よく辛抱しましたね」

「といいますのは、うちへ帰っても家の惨めさを見ないといけない。実際、われわれ採用して貰っていちばん有難いのは、家にいたら食うや食わず、ところが御奉公になったら三度三度の食事が出る。それと頭の先から足の先まで全部、親方持ち。これくらい有難いことは無いと思いました。それまではお昼食べないことが何回もあったんです。私、本当に嬉しうございました」

内田さんは、

「小遣明記帳、善吉」

と表に書かれた、小さな帳面を取り出して、私に見せてくれた。昭和六年三月起、としるされている。

「これは私の宝物です。戦災に会いましたが、これは疎開して残してありました」

最初に頂いたのが一円。それが六月二日の日付になっている。

「一金壱円也　御主人ヨリ」

月末にこれを出すと、次の月の小遣をくれる。何か使ったものがあれば記入しなくてはいけない。だが、善吉さんは断乎として使わない。御主人は明記帳を見たという印に判を捺してくれる。

「六月五日　一金五十銭也」

これは、お配り物、御主人ヨリとある。船場の小僧さんは方々へお使いに出される。行った先ではおためをくれる。自分にくれたものではあるが、そっくりそのまま御主人に渡さなくてはいけない。そういう決まりになっている。その中から自分に頂いたのがこの五十銭。

「大勢おった中で可愛がられたのか、よくお使いにやらされました。こうして頂いたおための分が年末に総決算をして十三円ありまして、義捐金として五十銭出した残りの十二円五十銭を貯金しました。十割、貯金しました」

御主人が非常に貯蓄を奨励する方であった。よく貯金をしたというので奨励金をくれる。昭和七年の末のところをみると、

「入金　三十一円五十銭。右、貯金率九割八分四厘」

とあり、二年間を通じてよく積立いたせし故、特賞弐円を給すと書かれている。更にその翌年にも九割三分という優秀な成績を残したので、特賞を頂いた。

「三ヶ年ヲ通ジテ特別賞与ヲ取ッタコト大イナル喜ビナリ。本年ヨリ番頭ニ成ルガ、位置ガ上レバ貯金ハ下ルガ普通ノ人ナリ。普通ノ人デハ普通ノコトヨリ出来ヌ。益々、九年度モ励メヨ」

では、善吉さんが「明記」した出費の項目にどんなものがあるか、ちょっと覗いてみよう。

最初の年は全くといっていいほど使わなかったが、二年目の昭和八年になると、たまに出て来る。ただし、その中には、

「三十五銭　ハミガキ、ハブラシ代」

というのもある。歯ブラシは支給してくれることになっているのだが、配給がなかなか無かった。

「十五銭　コーヒー、ケーキ代」

というのがある。

「十一月三日　五十銭　活動行」

休みの日で活動写真を見物に行ったら、たちまち御主人から、遊びに行くのもよいが悪習慣がつかぬよう注意せよと書かれた。だが、「小遣明記帳」はそのくらいにしておこう。まだ善吉少年はお目見得をして採用されたばかりである。

一日の行事。

朝は五時から六時までに起床となっている。殆どの人は六時にならないと起きないが、こちらは新入りだからいちばんに起きる。どうしてかというと、おわい屋さんが汲取りに来るから、表の戸を開けなくてはいけない。お店と中庭の間に暖簾がある。その暖簾を急いで外さないこ

とにはおわい屋さんが土間を通り抜ける時に肥たごが暖簾にさわる。

「この表の戸を開けるのと暖簾を外すのが私の役です。ところが身体が小さいので、暖簾へ手が届かないんです。何遍も飛び上るうちにやっと届く。難儀しました」

小さいと困ることがほかにもある。小僧さんというのはどこへ行くにも自転車だが、その自転車が大きいものだから普通の乗りかたが出来ない。横乗りをしないといけない。

何とか背を大きくしようと思って、みなが寝てしまってから、運動の好きな仲間と一緒にこっそり抜け出して、中之島公園まで走って行く。真夜中にグラウンドをまわったり、吊輪にぶらさがったりする。届かないので、連れの者が担ぎ上げて捉まらせてくれる。夏になると川へ飛び込んだりした。その頃は堂島川の水もきれいだった。浮ぶだけは辛うじて出来る程度なのだが、それも背を大きくしたい一心からであった。

おわい屋さんは殆ど一日おきに来る。早い時は四時半に着いて、表の戸を開けるのを待っている。みな河内あたりから牛車を引張って船場までやって来る。

「私がいつも開けるもんですから、あいさに（時々）お菓子をちょっと包んでくれるんです。お菓子くれるのは有難いけど、あの肥屋のおっさんから貰ったら、ちょっと食べる気になりません。おおきにいうて受け取りはしますが、あとでほかし（捨て）ました」

それから自転車の掃除が始まる。跨ぐところに「浮田文庫紙店」と大きな赤い字で書いてある。これは広告の目的と同時に小僧が乗って行った先で油を売らないためでもある。道頓堀の劇場へ行くと、自転車を預かった上に覆いのシートをかぶせてくれる。これだと店の名前が見えないから、安心して入場できる。

ところがうどん屋とかぜんざい屋では、そんなサービスはしてくれない。表へ置いたまま入らないといけない。自転車には一台ごとに番号が打ってあるから、誰がどこで油を売っていたかというのは全部分る。

この自転車を出して来て、掃除をする。冬なんか冷たい。油で手は汚れる。これが三十台できかないから、結構時間がかかる。

年に一回、大晦日に一軒置いて隣りの水島という自転車屋が古いものを持って帰る。元日には新しいのを持って来る。全部、取替える。いまでいうリースで、向うは貸し賃を取る。こちらは買うよりもその方がいい。

「それが一遍、失敗したんです。正月の六日ごろですか、貰ったばかりの新車に乗って唐物町二丁目にあった安田貯蓄まで出かけました。自転車をそこへ置いて、ドアを押して入った、鍵をかけんと。貯金して下さいといって、戻って来たところが、自転車が無い。ほんの僅かな間の出来事でした」

われわれ小僧に毎月くれるのは一円、二円という金であるが、御主人の方で別途に積立ててくれている分がある。盗難にあった新しい自転車については、この別途の積立ての中から弁済させせられた。そこははっきりしている。

「お前の不注意によるものだから」

といわれた。

この積立ては、十年勤め上げて別家した時に全額渡される。それ以前に店をやめた者は貰えない。そういう決まりになっている。途中でやめて行く者の数は少なくなかったから、結果としてお店のものになってしまう積立ての分はかなりの金額になったと思われる。

自転車の掃除が全部終った頃にやっと朝御飯になる。一人ずつ箱膳というのがあって、番頭のはかさ高い、小僧のは小さい。蓋を引繰り返すとお膳になる。仕舞う時はこれをまた引繰り返す。中にはお茶碗と箸を入れてある。御飯はいくら食べてもいい。おかずは沢庵と胡麻塩。

この胡麻塩は丼に入っていて、匙が附いている。番頭から順番に取って行く。胡麻がどのくらい入っているのか分らない。というのは、丼の縁を叩くと胡麻が上へ上へ寄って来る。番頭さんはそれを掬って取ってしまう。そうすると小僧までまわって来た時は、丼の中は塩だけ。胡麻にはお目にかかったことが無い。

沢庵も浅漬ではない。骨屋町市場というのがある。本町から南久宝寺通まである大きな市場であるが、ここの漬物屋さんで三年か四年たった沢庵。自分のところの店先では売れないが、さりとて捨てるのもちょっと惜しいというのを四斗樽で何十と買って来る。臭くて普通ならとても食べられたものではない。それでも五時に起きて働いていると、朝御飯が待ち遠しくてたまらない。この沢庵と胡麻塩の塩だけで飯五杯ということは無かった。ところが番頭あたりになると、そうはゆかない。海苔の佃煮の小さい壜、当時で十銭くらいのをよく買いに行かされた。それを箱膳の中に仕舞い込んでいるのを女中が見て、御主人に告げ口した。番頭がみな集められて、お目玉を食った。これが「佃煮事件」。

御飯は半搗米が六分と麦が四分。それを大きなお釜で薪で炊く。

「それが女中さんの仕事です。ただし、お米を磨いだりするのに水道を使わせない。井戸の水でないといけない。ポンプでいちいち汲み出すのだから、女中さんが可哀そう。見兼ねて私がポンプを押してやる。必然的にそうなるわけです」

女中さんは喜ぶ。で、どうなるかというと、昼に野菜の煮たのが時々、出る。家族の食べる分には天ぷら（というのは薩摩揚げのことだが）か油揚がちょっと入っている。それを女中が菜っぱの中へ忍ばせて、ほかの者に分らないように、

「善吉つぁんのはこれや」

といって渡してくれる。

朝はみんな揃って食べるからそんなわけにはゆかないが、昼は番頭も出かけているので、順

番なしに手のあいた者から食事をしてもいいことになっている。それで融通が利く。

もっとも、野菜の煮たのよりもお吸物の方が多い。十回のうち七回は吸物が出る。というわけは、吸物だったらおなかがふくれて御飯をあまり食べない。そういう計算が働いている。千切り大根、ひじきもよく出る。どちらも煮たらかさが殖える。これが非常に多かった。ある時、「千切り事件」が起った。新入りの小僧である自分たちは、食べられたらいいという気持でいるが、番頭連中はそうではない。先にもいったように口が大分贅沢になっている。出されたた千切り大根を残飯のバケツの中へ捨てた。一人や二人なら見つからなかったかも知れないが、ほかに何人も仲間がいたのでバケツの中が千切り大根でいっぱいになった。

女中が御主人にいいつけた。みんな呼びつけられて説教された。お前たちがここへ奉公しているのは貧乏人だからだ。その癖、贅沢いうとは何だと、きついお叱りを受けた。

「その通りですよ。当時、高等小学校へ行って奉公に出るというのは貧乏人でした。中には高等小学校も出ていない者がいました」

それから四、五日は、千切り大根が毎晩続いた。懲らしめの意味であった。

「この前、帝塚山のお宅へ寄せて頂いた時、この話をしたんです」

内田さんは仲人の件を正式にお願いしたあと、兄嫁とお昼御飯を食べてから、わざわざ仏壇にお参りするために帝塚山まで一緒に行ってくれたそうだ。（兄嫁はひとり子であったので仏

壇がこちらにある）

「それ、お揚げさん、入ってたん」

と聞かれて、

「揚げなんか入ってますかいな」

といった。

この兄嫁は帝塚山にある小学校へ入った。毎朝、北久太郎町から阿倍野橋まで送って行くのが善吉さんの役であった。上町線に乗るところまで見届けて引返す。帰りは女中さんが阿倍野橋まで迎えに行く。もっとも、これは一年生の間だけで、そのうちお祖父さんが帝塚山中一丁目に家を建てて、そちらへ家族が全部引越したので、お役御免になったそうだ。

内田さんが、

「綾子さんとは友達ですねん」

というのは、そういう間柄だからだろう。

月の一日と十五日は尾頭つき、といっても魚が何かひと切れ附くだけ。ところが、こちらは、「お魚の焚いたんが大嫌い」

それというのもこれまで魚を食べたことが無かったから、魚の味を知らない。おなかがすいていたら臭くて食べられない沢庵でも文句をいわずに頂くのに、煮魚だけはどうしても食べられない。これが出たら、みんな同僚にやった。

「いまだに私、お魚の焚いたんは好きじゃないんです」

さて夕食が終ると入浴になる。家族の次に別家衆が入る。これは昼と晩と食べて、風呂に入って帰る。二食と風呂附きというわけ。そうすると八時ごろになる。次に番頭が入るのだが、新聞を読んだりしてなかなか早く入ってくれないのがいる。十時には点呼があるから、それまでに入れなかったらもう駄目。十時からは女中さんの番になるから、その日は風呂なしで寝なくてはいけない。

たまには目をかけてくれる番頭がいて、

「善吉、一緒に入れ」

ということで助かる日もある。

十時の点呼が済むと(これはいちばん番頭の仕事になっている)、順番に中庭の渡り廊下をわたって、御主人のところへ行き、一人ずつ手をついて、おやすみなさいという。襖が二十センチくらい開けてある。御夫婦が机の前にいて挨拶を受けるのだが、五十人もいると、はじめの番頭と終りの小僧とでは開きが出来る。

中には昼間の行動のよくなかった者がいて、

「お前、入れ」

といわれる。そこで改めてお小言がある。一人でもそういうのがいるとなお遅れる。やっとこれが終ると、布団敷きになる。小僧と番頭、小僧と番頭というふうに二人ずつ一つの布団に寝る。そのあげおろしはいうまでもなく小僧がする。

これで寝られるのかというと、そうはゆかない。番頭が集合をかける。算盤持って来いという。昔の箱がたの大きな玉の算盤で、加え算からやらされる。大勢の中には出来のいいのと悪いのとある。

「私ら、悪い方なので、その厚い算盤でこつんとやられます。軽くやっても、応えるんです。そうして床につくと、どうしても十二時を過ぎています。午前さまです」

仕事について。

浮田商店は文庫紙の製造、卸し、販売をしていた。当時、本町の丸紅、伊藤万、稲西商店といったところへ納めていた。文庫紙といっても洋紙を相当使うので、下手な洋紙屋さんより沢山持っていた。

牛車に積んだ荷物が表へ着く。洋紙の行李というのはかなり大きい物で、小僧の一人ぐらいでは動かない。これに帯鉄がかかっているのを切って、中へ入っている紙を奥の倉庫まで運ぶ。

「浮田さんは奥行の広い、長い家ですから、奥の倉庫までこのくらいの細いレールが敷いてあります。四六判いうと、いちばんスタンダードです。新聞の倍くらいの大きさの紙ですから、相当大きなものになります。それを載せる台があって、一つずつ押して行くわけです」

これに載せると、軽くて早い。ところが中に意地の悪い番頭がいて、トロッコを利用させない。それでは体力の養成にならないといって、トロッコが遊んでいるのにその横を担いで運ばせる。あれはどのくらいの目方なのか、五、六十キロはある。

「馴れないとくにゃくにゃとなって、肩へ載り難いんです」

それを腰を鍛えるという意味で、トロッコに載せてくれなかった。

あとは朝から晩まで文庫紙の荷造り。表に運送屋が来て待っているので、どんどん運ばないといけない。千枚分となると、高さが一メートル五十くらいある。それへ裏表、板を当てて荒縄で縛る。力の要る仕事である。

ところが晩がたに印刷ものが上って来ることがある。十時の点呼が済んで、やれやれこれから自由な時間になるという時に仕事が飛び込む。河内の菱江というところ、花園ラグビー場の一丁ほど西に文庫紙を貼る工場がある。この「貼り工場」まで自転車に積んで行かないといけない。

荷台に積むと自転車が飛び上るくらい、重い。坂へかかると難儀する。小阪から先は道が悪い。どうしても二時間近くかかるから、着くのは夜の夜中。工場の主人を起して、印刷ものを渡す。向うでは夜通しかかって水を通して置く。盥の中へ浸すのだが、そうすると紙が伸びる。伸びたところで貼るとうまい具合にゆく。だから、朝、職人さんが出て来てすぐに糊の刷毛が通る。

印刷ものを無事、工場の主人に渡して、真暗な田舎道を引返す。店まで帰り着くと二時、三時になる。

「そうしましたら、朝の五時に起床でしょう。おわい屋さんが来て、表の戸の前で待っています」

若いから三時間も眠ったら疲れは取れる。それにしても、夜の夜中に自転車のうしろに重い紙を積んでひとりっきりで河内まで行くのは辛い仕事であった。何しろ提燈の明りひとつが頼りで、一メートル先しか見えないのだから。

「忙しい時期になると、毎日です。交替で行くことになっているんですけど、みんな行きたがらない。十時過ぎたら自分の時間、いまでいうたら時間外です。行きたがらんのが当り前です」

だが、善吉さんはよく河内の「貼り工場」へ行った。そればかりではない、風呂番、煙突掃除、便所掃除といったみなの嫌がることを進んで引受ける。

「それでいまだに浮田さんに可愛がられています」

この浮田さんというのは、私の兄嫁のお父さんである御主人が昭和十四年にまだ四十二歳という若さで亡くなったあと、終戦までお店を取しきって来た方で、三番目のお嬢さん、つまり、こいさんの養子となった恒次さん。むかし、早稲田でラグビーのフルバックをしていた人で、その薫陶を受けた内田さんは早くからラグビーが好きになる。東京へ越してからは秩父宮ラグビー場の賛助会員になって、早大の試合は必ず見に行く。奥さんも一緒に行く。

試合から帰ると、阪急沿線の仁川にいる恒次さんに電話をかける。テレビの実況中継があった日でもかける。少しでも電話をかけるのが遅れると、

「何してなはった」

といわれる。

「よそへ用があって寄っていました。テレビ、みてはったんと違うのですか」

「いや、もっと詳しいことが知りたいんや」

明くる日は新聞をいっぱい買って、記事を切抜いて送る。いつもそうする。

一事が万事で、内田さんの昔の御主人に対する忠誠心は、ほかにもいろいろな折に目立たない場所で発揮されているのではないだろうか。そんな気がする。

「ノート」から細かい事柄を拾ってみよう。

散髪。これは番頭さんから小僧にいたるまで散髪券というのをくれる。番頭さんのは「サン

パッ」と書いてある。われわれのは「丸刈り」。

番頭は二月に三枚、小僧は月に一枚、支給される。これを持ってお店で指定された床屋さんへ行くと、月末にはこの券を揃えて集金に来る。

休日。

第一と第三日曜が休み。ところが月に一遍は当直がまわって来る。当直というのは名目であって、要するに店は休みであってもこまごまとした仕事がある。それをやらされる。要するに軍隊でいう半舷上陸と同じことで、休みは月に一回になる。それもお昼を食べて、夕食までしか外出させて貰えない。出かける時には必ず行先をいわなくてはいけない。

「いまから心斎橋へ行きます」

番頭格の者が誰それは何時何分に出て、何時何分に帰った、行先はどこそこと記入する。そうすると、旦那が翌日、これを見て検討される。小僧はそんなことは無いが、番頭の中には心斎橋といっておきながらこっそりカフェーあたりへ行くのがいる。どうもおかしいというので、追及されて、しどろもどろの返事をする。カフェーの女給さんと深い仲になり、それが当時の赤新聞に出て、お店をやめなくてはならない番頭もいた。

女中さんの服装も華美な風はさせなかった。こちらは休みは年に二回だけだから、われわれよりもきびしい。外出の時は普通、足袋を穿くことは許されない。従って羽織もいけない。ところが貧乏人の子供もいるが、行儀見習いに来ているのは良家の娘さんが多い。上女中は殆どそうである。仕事は店の者の着物の繕いとかボタン附け、あとは御寮人《ごりょん》さん（奥さん）から裁縫を教えて貰っている。だから御寮人さんは裁縫が出来ないといけない。年に二度、盆と正月に番頭から小僧にいたるまで支給される着物は、御寮人さんが全部、女中さんを指揮して縫う。そういう行儀見習いに来ている子は、出る時は素足で、外で足袋を穿き、羽織を着て、どこかのお嬢さんのようにして歩き出す。

「私もよく女中さんが四つ角で足袋を穿き、羽織を着るところを見たことがあります」

休日は昼御飯を食べて夕方までしか出られないが、何人かで自転車に乗って今日は生駒さんへ行く、あるいは大和川の堤防へ行くというと、その者にはお弁当を作ってくれる。朝から出して貰える。（はじめは何しろ大きい自転車で困ったが、そのうちもう少し小さいのと取替えてくれたから、乗りやすくなった）つまり、そういうのは道頓堀とか新世界のような盛り場へ行くのと違って、無駄遣いもしない、浩然の気を養うばかりでなく健康増進にも役立つというので、御主人は奨励された。

「何しろ有難いのは、昼から外出のところを朝から行けるというので、いまでいうサイクリングへよく出かけました。いちばん遠いのは京都。一回、京都御所へ入りまして、その時は二人で行ったんですが、芝生の中でお弁当を食べていましたら、皇宮警察のおまわりさんから叱られました」

どこから来たか。大阪から来ましたというと、びっくりしていた。自転車を横へ置いてあるから、これに乗って来たのだというのは一目で分る。

「お弁当食べたら、早う行きなさい」

といって立ち去ったが、理解のあるおまわりさんでよかった。

海水浴。

夏には南海沿線の湊海岸へ空家を借りて、毎晩、店を仕舞ってから交替で行く。これは三人から五人くらいで出かける。浜で泳ぎが出来るところというと、この湊がいちばん近かった。

「十時が点呼でしょう。十時過ぎてから難波まで歩いて行くんです。やっぱり三十分はかかります」

難波・湊間の定期を店で買ってくれる。年齢はいい加減にしてある。みんなでそれを利用する。朝早く起きてひと泳ぎして、店の者が起きる頃までに帰って来る。仕事には差支えない。

「ところが十時でしょう、点呼が。難波まで来ると十時半、十一時、もうその時分には改札口は淋しいんです。同じ服装をしたのが五人くらいぞろぞろ行くから目立つ。前の日に来たのと顔が違うでしょう」

大きいのもいるし、小さいのもいる。そこへたまたま田舎から出て来たばかりの小僧で、馴れないものだから改札口でまごまごしているのがいて、到頭、捕まってしまった。インチキがばれてしまった。

大旦那の碁。

普通の家では主人が外出すると、

「行ってらっしゃい」

という。船場ではそうじゃなくて、

「お早うお帰り」

帰って来たら、お帰りなさい。これは変らない。大旦那の高太という方は碁が好き。本宅から店へ来られると、旦那衆の碁仲間が見える。夜が更けるまで奥で打っているから、こちらは寝られない。どうしてかというと、お客さんが帰る時には提燈を持って家まで送って行かないといけない。大旦那はこちらでお泊りになる。

ほかに丁稚は沢山いるのに、送る役というのはたいがい自分。ほかの者は寝てしまう。こちらひとり、碁の勝負がつくのを待っている。早くやめてくれたらいいのにと思いながら、起きている。

ところが、一日働きづめだから、ついうつらうつらしてしまう。眠っているうちに餡ころ餅を食べに行く夢をみたりする。北の御堂さんの裏に幸栄餅というのがある。ここのは上等で、一盛り十銭で五つある。十銭持って行かないと食べられない。

北久太郎町の東に農人橋がある。その東詰の石原餅は一つ一銭。一銭あれば一つ、二銭あれば二つ、三銭あれば三つ食べられる。一つでも売ってくれるというのと大きいのが魅力である。伊勢の赤福餅の三倍くらいある。それでわれわれは農人橋へ行く。

さあ、食べましょうという時に、肩をゆり動かして、

「善吉、起き」

御寮人さんの声が耳もとでする。慌てて、

「へえ。もうお帰りでっか」

それからお客さんを送って行く。向うへ着くと、どこも大きいお店ばかりで、表の戸はとっくに締っている。くぐり戸のかんぬきを開けてくれる。気の利いた御寮人さんが、

「おおきに御苦労さんでした」

といってお菓子を包んでくれる。お金は殆どくれなかった。

ところが船場の夜中というのは本当に淋しい。街燈なんかたまにしか附いていない。家から明りが漏れて来ないから、真暗といってもいいくらい。昼間、車が止って、品物を積んだりおろしたり、大勢の小僧が駆けまわっているだけに、なおのこと気味が悪い。

往きはまだいいが、帰りはひとり。そこを提燈片手に歩いて行く。聞えるのは自分の履いて

いる八ツ割り草履の音だけ。

五

次は夏祭り。

（いま少し「北久太郎町ノート」から項目を拾ってみることにしたい）

南の御堂さんの裏にある坐摩神社、そこが浮田さんの氏神で、七月の二十二日、二十三日が祭りである。前にいったように奉公人に対して年に二度、盆と正月にお仕着せが支給されるが、盆の分はこの坐摩神社の祭りの前の日にくれる。休みが二日ある。

どこの店でも家紋の入った幕を引いて店の表を飾る。宵宮には「献燈」と書かれた提燈を持って、もうすぐ日が暮れるという時に坐摩神社へ出かける。御主人を先頭に番頭以下あとに従う。並びはしない。ただ、ぞろぞろと歩いて行く。提燈に火を入れ、漆塗りの口のところへお札を貼って貰って帰って来る。帰ると御主人がかき氷に砂糖水をかけた「みぞれ」を店屋から取って食べさせてくれる。それが楽しみで御主人のあとについて行った。

この提燈は祭りの間、店の表へ立ててある。船場では男の子が一人生れると提燈を作ることになっている。一軒で三つ出している家もある。浮田さんは男の子が二人だが、提燈は一つであった。

上に鳳凰の飾りが附いている。これが金属で出来ているので、提燈の重みはかなりある。店から坐摩神社までの往き帰り、小僧が担いで歩くのだが、途中で交替しないと一人ではとても持てない。

お祭りの食事。宵宮はかいわれ菜と木耳入りの白の天ぷら（精進揚げ）の吸物、素麵、鱧の焼いたのが出る。大変な御馳走である。酢蛸が出たかどうか、はっきり記憶が無い。

「お酒は出るのですか」

「出ません。また、お酒は殆んど皆さん、召し上らない。私も軍隊に入るまで飲みませんでした。お酒は軍隊で覚えました」

酢蛸と聞くとすぐに酒を思い浮べるのは、実情を知らない者ということになる。

本祭りになると、いまいったほかにコロッケかカツレツの小さいのが附く。よそはどうか知らない。浮田さんの店がハイカラだったのではないだろうか。

正月。

前の日にお年玉や報奨金と一緒に御主人から頂いた着物を着て一堂に集まる。このお仕着せは、履物にいたるまでそれぞれの身分によって違う。足袋ひとつにしても、番頭は白足袋、手代は紺の木綿の足袋、われわれ小僧にくれるのは、裏が手で洗うと手の皮が剝けるくらい丈夫な足袋。

「ごっつい、ごっつい、穿いたら足の方がすり減るくらい、丈夫です。鑢、穿いているようなものです」

元日は白味噌のお雑煮。まるい餅を焼いて入れる。これを焼くのが善吉さんの役目である。五十人分の餅を焼くとなると大変。一人がひとつだけ食べるのではないから、簡単にはゆかない。自分も餅が大好きだから、いい加減な焼きかたは出来ない。

火鉢のそばに附きっ切りでいると、番頭が起きて来て、顔を洗いに行くついでに網の上からひとつ取って行く。せっかくいい具合に焼けたのを持って行かれると、がっかりする。ただささえ時間がかかるところへそういう厚かましいのがいるから、よけい遅くなる。

「餅焼くのにいつまでかかるんや」

といって叱られるのはこちらだから、割が合わない。

白味噌仕立ての雑煮の中身は何かというと、焼き豆腐、大根、里芋。二日目が澄しで、水菜に蒲鉾が入る。三日は元日と同じ。

餅箱が二十ぐらい、店の前へ積み重ねてある。火鉢と網があるので、三カ日はお餅は食べ放題である。これが有難い。

「醬油は」

「醬油はありますねん。砂糖は駄目でした。貰い物が沢山あるんですが。砂糖ぐらい出したらええのに思うのに、出さなかったですね」

三日の晩になると、金屛風を仕舞う。表の幕を畳んでしまう。お飾りを仕舞う。それと同時に奥から女中が出て来て、積んである餅箱を片附けてしまう。正月はみんなよそへ遊びに行くから、店で食べる間が無い。従って餅がまだいっぱい残っている。それをはやばやと片附ける。もっとも、それまでにこちらとしては悔が無いくらい食べてはいる。

「私、いまだに浮田の店のレコード・ホルダーですが、三カ日にお餅を百三十いくつ食べました。当時、奉公していた者の間で語り草でした」

いまでもお餅を焼いて、醬油をつけて、これで酒を飲むのが好きである。餅搗き器というものが出始めた時、早速、買って来た。それ以来、夏といわず冬といわず食べている。

運動会と松茸狩その他。

春には運動会がある。ただし、徒競走や綱引きなんかの運動会じゃなくて、京都とか奈良とかそういうところへ全員で出かける。店員慰安のための行事であるが、そういう名前が附いている。

「一回、笠置山へ行ったことがあるんです。後醍醐天皇が逃げておられた笠置の山です。岩がいっぱいあるんですが、その岩の間を散歩するんですね」

番頭の中にひとり、魔法壜に酒を入れたのを持って行ったのがいた。冷やで飲めばいいものをわざわざ燗をして詰めた。中年から浮田商店へ入った方で、中村さんといった。自分で持って歩くんじゃなくて、こちらに持たせる。

それがいまみたいに魔法壜がいいものじゃない。岩の間をくぐっていたら、ちょっとどこかに当った拍子に中が割れて、一滴残さず漏れてしまった。いよいよ弁当を開こうという時になって、中村さんにそれが分った。

「その番頭さんに頭をかちんと殴られました。荷物持たされた挙句にこの有様ですから、引き合いません」

運動会の晩は、千代崎橋の西詰の「いろは」へ行く。有名なすき焼屋で、そこの二階の広間へ御主人以下みんな上り込んで食べる。何しろ平素、牛肉の焼ける匂いなんか嗅いだこともない。浮田さんの家族も、すき焼だけはよそへ食べに行かれる。匂いで一遍に分るから、店の者に気兼でそうされる。

「今日は奥は留守か」

女中に聞いて、

「外へ御飯食べに行かれました」

という時はそうだ。

そんな具合でわれわれ小僧にとっては年に一度のすき焼だから、仲居さんがびっくりするくらい食べる。大衆的な店で、安いことも安かった。

「ところが場所が悪いんです。千代崎橋の西詰というのは場所が悪い。その先が松島の遊廓なんです」

市電に乗って帰って来ると、番頭さんは一杯飲んだ機嫌でちょっとひやかそうやないかということになる。これがばれて、次の日、

「昨夜、松島の遊廓の中を散歩した者、みんな集まれ」

といって、集合がかけられる。御主人からきついお叱りを受けた。李下に冠を正さずという諺がある。かりにも人から疑いを受けるような振舞いは決してしてはいけない。歩くだけならいいと思ったら大間違いだというふうにいわれた。こちらはその中には入っていなかったが、お小言は一緒に聞かされた。

毎年五月一日は店の創立記念日である。大番頭以上と上町のあたりに印刷、箔押しその他十

二、三軒ある工場の親父さんが全部集まって、どこかへ旅行をする。いつも真夜中に起す、花園ラグビー場の近くの、例の「貼り工場」の主人もいる。旅行といっても泊りはしない。日帰りで、一杯飲む。「浮田工盛会」といっていた。

秋には工場の職工さんも一人残らず、店の方は小僧から女中さん、御主人の家族も一緒に松茸狩りに行く。もとは箕面公園とか兵庫県の三田へ出かけていたが、何しろ人数が百人以上になる。よその山ではとかく不自由な点があるので、御主人が生駒の近くに松茸山をひとつ買われた。それ以来、ここへ行くことになった。

工場と店。

浮田さんは自分の工場を大切にする方であった。工場が栄えることが店が栄えるもとになる。「浮田工盛会」を作ったのもその考えからであった。

月末に支払いをする。それぞれの工場から親父さんがやって来る。こちらは応接間にカウンターをこしらえて臨時の窓口を設ける。経理の者がいて事務を取るのだが、渡すのはいつも御主人。

「主に一円札、それから五円札、十円札でお支払いをなさるんですが、紙幣の皺の寄ったのや隅の折れたのを伸ばす。紙屋ですから、こうやるとうまく伸びるんです」

(内田さんは紙幣を揃える手つきをして見せた)

お札の逆さになっているのも直す。ひとつひとつ直してから、きちんとなったのを渡す。これも工場に対する感謝の気持を表わす手段である。その際、たとえ僅かな時間であっても、じかに面接して、

「どうです」

といって話しかける。

あの当時、格式の高い船場では主人というのは奥に坐っていて、工場の親父が来たって洟も引っかけない。浮田さんのようなのは本当に珍しかった。

上町にある工場から職人が朝早くか夜遅く、肩びきの綱のある大八車にいっぱい紙を積んで、出来上ったのを持って来る。遅い時だと御主人が出て来て、われわれと一緒になって荷物をおろしたりする。車の後押しをして来た小僧さんにはお菓子を包んでやったりする。非常にきびしい反面、そういう細かいところに気を配る、人情味のある方であった。

「御自分も丁稚奉公から大きくなった方でしたから、裏も表もよく分っておられたんですね」

甲子園の野球。

夏になると甲子園の野球がある。そうすると、朝日新聞へ往復葉書を出して入場券を申し込む。八日間あって、奇数日と偶数日の二つに分れている。一つは一日目、三日目、五日目、七日目、もう一つは二日目、四日目、六日目、八日目の綴りである。抽籤に当ったら、往復葉書

てくれる。

の片方を持って渡辺橋にある新聞社へ行くと、四日間の切符をくれる。申し込みは店の方でし

これは内野席の入場券で、番頭以上に当る。われわれ小僧には当らない。ちょっとプレミアムをつければ買えることは買える。いまの中央郵便局のあるところに阪神電車の乗場がある。桜橋からそこへ行く間、両側にいまでいうダフ屋が並んでいる。板塀に押ピンで切符が貼ってある。いい試合の時はプレミアムがついて沢山売っている。

甲子園へ行く者には、店から電車賃と別にお弁当代として三十銭くれる。入場券が当らない小僧は暗いうちに起きて行く。早く行っていい席を取ろうというのがひとつ。内野席以外は入場無料であったから。もうひとつは、店から電車賃を貰うけれども、阪神電車には乗らない。自転車で行く。だから早く行かないといけない。

「何時に起きたんか、まだ真夜中です」

自転車の前に電燈が無い。提燈をつけて行く。それも先頭の者だけ蠟燭をとぼして、あとの五人くらいは明りなしでついて行く。よくお巡りさんに見つかって叱られた。

向うへ着いて中へ入ったら、スタンドに電気がついている。そんな時分に入場させる。われわれと同じように暗いうちにやって来る客が多かったということである。こうして浮かした電車賃で紙袋入りのかち割りを買う。暑いものだから、かち割りなしではいられない。蠟紙に針

金の柄をつけて、十銭はしたのではないかと思う。五銭ということはなかった。

一方、番頭になると、われわれのように自転車に提燈つけて走ったりしない。タクシーに相乗りで行く。本町とか堺筋あたりへ出ると、暗いうちからごそごそ歩いている連中はみな甲子園行きの客ばかり。運転手は一人でも多く積み込もうとして膝の上まで乗せる。それでも一人頭にすると電車に乗るよりも安くなる。

「私らも番頭さんになってから何遍かそれで行きました」

八日間あるうち、公けには一回しか行けない。中にはこっそりみに行く者が出て来るが、すぐばれる。行っても屋根のあるところへは入れない。一日中かんかん照りのスタンドにいると日に焼けるから一目で甲子園へ行ったのが分る。御主人からお叱りを受ける。それとは別だが、仕事の時間にこっそり映画へ行くのがいる。それだけは自分は絶対にしなかった。

番頭になってから、奇数日か偶数日の四枚綴りになったのを別に頂いた。お前はふだん油を売らないからといってくれた。だから、一日おきに行ける。四日間はけんたい（大っぴらに）でやらせて貰った。

「お前だけええことする」

といってひがむ者がいると、御主人は、

「君らは平常に映画へ行くじゃないか」

といわれた。

そういうところは非常に理解があった。特別に四日も甲子園へ行かせてくれるというような例は、おそらく船場ではほかに無かったに違いない。ただし、弁当は勝手にしろといわれた。

謡と習字。番頭以上は週に一回、謡の先生が来て稽古がある。書道の先生も来る。これは奥のお嬢さんも入って小僧から番頭にいたるまで全員が習う。時間は夕食後、二階のみんながやすむ部屋へ集まって習字をする。字を上手に書くことは将来必ず役に立つ、しっかり習うようにと御主人がよくいわれた。(内田さんの手紙の字は、実に几帳面で、美しい)

「紙屋ですから、紙がいくらでもあるでしょう。それにしても、開けたところのある御主人でした」

番頭の夜遊び。

十時の点呼が済んだあとは自由時間になるわけだが、外へは出られない。運動好きの仲間だけで中之島公園へ行き、グラウンドを走ったり、吊輪にぶら下ったり、夏なら堂島川で泳いだりするということはあったが、それは体力増強という御主人の考えにも叶うので、いわば黙認のかたちを取っていた。

ところが番頭の中にはそっと抜け出してやろうという不心得なのがいる。夜遊びに行く時は、

「お前、ここへ寝ろ」

といって、窓際の寝床へ寝かされる。小包の紐を足に括って、一方の端を外へ垂らしておく。番頭が戻った時にその紐を引張る。はじめはほかの小僧がいいつけられたが、引張っても眠りこけていて起きないのがいる。それ以来、こちらの役になった、専任になった。

合図があると目を覚ます。すぐに表の戸を開ける。それがまた重い戸で、鉄の閂が嵌っている。うっかりすると大きい音がする。そうっと開けなくてはいけない。帰って来た番頭は、自分がいっぱい飲みに行った先が鮨屋なら鮨をちょっとくれる。関東煮の店なら蛸の足でもくれる。それが楽しみで、

「今日は頼むぞ」

といわれると、いそいそと足に紐を括りつけて寝る。あれだけ眠り込んでいながら、目を覚ますのが不思議なくらいであった。

ところが或る晩、見まわりに来た御寮人さんがその紐に足を引っかけられた。見つかってしまった。

「善吉さん。これ、なに」

いったい何といってこの場を切抜けたものか。次に御寮人さんは、

「あんた、なんでいつもの場所と違うの」

といわれた。

いいえ、実は先ほど番頭の誰それさんが神さん参りに出て行かれました。帰ったら表の戸を開けるようにいわれました。眠ってしまったらいけないので、合図のために紐を出しておきました。咄嗟にそういう返事をした。

神さん参りとは、われながらよくもそういういい考えが閃いたものだ。幸い氏神さまの坐摩神社は手頃な距離のところにある。近過ぎもせず、遠過ぎもしない。神さん参りなら、かりに咎められるとしても、さほどお叱りを受けることは無いだろう。

「でも、やっぱりあきませんでした。御寮人さんの方でもちゃんと分っていたんでしょうね。大体、そんな殊勝なことをする人間じゃなかった。あっさりばれました」

マルキのパン屋。

大阪で有名なパン屋のチェーンで、方々に支店があった。二、三十あったのではないかと思う。この本店が四ツ橋にあって、朝、五時になったら汽笛を鳴らす。あの時分は騒音が無かったから、よく聞えた。これが鳴ると、

「パンが焼けた」

という合図。マルキのパンは安くておいしいので評判だが、本店へ行けば焼きたてのが買える。本店のがいちばんおいしいというので、朝、起きてすぐに行く。四ツ橋まで自転車で走ったら四、五分で着く。大阪では正午を知らせるのはドン、マルキのパンの汽笛は午前五時と決

まっている。

ほかにも買いに来ているお客はいるにはいるが、そんなに多くはない。どういうパンを買うかというと、餡パンにジャム・パンにクリーム・パン、あとは「餡切り」。栗饅頭の中身が餡になったのを両側とも切ってある。上から見ると四角、横から見ると両方とも餡。これはちょっと安い。

「そのパン、誰が食べるんですか」

「奥ですね。家族の方がお上りになる分です」

四ツ橋の角の、電気科学館の北隣りにあった。大きな間口の店で、ここには思い出がある。小学生の時分、祭りの神輿を担いでまわる途中、あっちの店へ寄ってはひと休み、こっちの店へ寄ってはひと休みする。（内田さんのいた鰻谷東之町では、難波神社が氏神さまである）お菓子をくれるところもあるし、ラムネをくれるところもある。マルキのパン屋さんでは、店の女の子がみんなにパンをくれる。

これが目当てで神輿を担いだといえばいい過ぎになる。しかし、そういう気持が全く無かったわけではない。お昼を食べない日が珍しくないのだから、無理もない。小学五年の時からお祭りに出た。三年続けて神輿を担ぐと病気にならないというので、六年も、その次の年も担いだ。そうすると、難波神社の朱印の判こを背中へぽんと捺してくれる。それも有難くないことはないが、あっちこっちで子供の喜ぶようなものを振舞ってくれるのが何といっても嬉しかった。

私は内田さんに五時に鳴る汽笛はどんな音を立てるのか聞いてみた。すると、口でその音を真似してくれた。最初のはどちらかといえばおとなしい鳴りかたであった。二回目はいくらか変化をつけてみせた。

「工場の蒸気の音です。蒸気がふき出す音と思えばいいんじゃないですか」

干菓子の店。備後町から堺筋を東へ行った南側の山本というお菓子屋は、干菓子専門の店である。ここへもよく買いに行かされた。売っているのは茶の湯の時に出すような上品なお菓子ばかり。間口一尺五寸、奥行一尺五寸くらいの小さな戸棚がいくつも並んでいて、開けると引出しがある。ひとつの引出しにまた細かな仕切りがあって、桜の花のかたちをしたのとか松のかたちをしたのとか梅のかたちをしたのとか、いろいろ入っている。これとこれとこれをくれというと、奥から出して袋に入れてくれる。奉書の厚い紙に一人分ずつ、包んでくれる場合もある。これはサンプルなので、二つ三つ食べても構わない。甘い物好きの自分にとっては楽しみのひとつであった。

「しで」の利用法。

大旦那の高太さんの碁仲間に三杉さんという方がいる。碁仲間ではあるけれども、高太さんからいうと本家の御主人になる。博労町二丁目の、船場でも由緒ある紙問屋の大旦那で、高太さんはこのお店で奉公なさった。三杉さんは別家に対して同業は許さない。ところが向うは和紙が専門、こちらは洋紙の文庫紙。だから許されたんじゃないかと思う。

(ここで名前が出た三杉さんとは、私もいろいろとかかわりがある。その当時、既に隠居していた筈の先代は知らないが、二代目の方はよく知っている。亡くなった私の父と仲のいい友人で、終戦の翌年の一月、内輪の人だけを家へ招いた私たちの結婚披露宴にも出席してくれた。二人のお嬢さんがどちらも帝塚山にある父の学校へ入学したので、もともとは父兄と校長先生という間柄であったのだが、大変親しくなった。父も三杉さんもたまたま同じ明治二十年生れの亥だというので、晩年にはもう一人の、以前、校医をしていた歯医者さんと「三亥会」というのを作ったくらいだから、よほど気が合ったのだろう。そこへ上のお嬢さんが女学部と高等科を通じて私の妻の親しい同級生で、戦時下にも拘らず宝塚へ通った仲間の一人でもあった)

ここに奉公している間に高太さんが学んだことは少なくなかったと思われる。「しで」の利用法もその一つである。紙屋さんだから、いつでも紙を裁っている。豆腐屋さんが豆腐を切るような、ああいう包丁で定規に沿って裁ち切りをする。裁ち屑が出る。これを「しで」という。普通なら捨ててしまうところだが、そうしない。幅の広いのもあれば狭いのもある。これを何センチのものなら何センチと仕分けをして寸法を揃えておくと、同じ屑屋に売るにしても値段がずっといい。
この仕分けてから売るというやり方を高太さんは身につけた。やがて別家して浮田商店を始めるようになると、「しで」を売ったお金を溜めてドイツ製の断截機を買った。これは一切手で動かすようになっている。珍しい機械であった。当時、専門の裁ち屋がいて、これはモーターを使う。ところがここへ出すと工賃が要る。小僧を使って断截機をまわせばただで済む。それともう一つ大きいのは、裁ち屋へ出すと「しで」を取られる。結局、裁ち屋は裁ち代で取って「しで」で取る。こちら側からいえば、工賃を払った上にみすみすお金になる「しで」まで取られるから詰まらない。(やがてこれでは間に合わなくなり、上町に浮田さんの裁ち工場が出来た)
このドイツ製の断截機は、奥行きのある浮田さんの家の、うしろに倉庫があるが、その倉庫のまだ奥にある。いちばん奥に据えてある。ここで小僧さんが紙を裁つ。大きな鉄の輪が附いていて、その柄のところに握りよいように竹を嵌めてある。
この柄を「プーリー」と呼ぶ。そこを握って鉄の輪をまわすと、刃が動いて紙を切るのだが、何しろ力が要る。昔、自動車のエンジンをかけるのに前へまわって力任せにハンドルをまわしていたが、あれどころの騒ぎではない。相当力が無いことには、断截機は動かない。それも刃のよく切れるうちはいい。刃が鈍くなって来たら、大変。

「飯、十杯も食べる筈です」

三杉商店で扱う紙は白いものばかり。こちらは色がかかって来る。色のかかった「しで」と白いのとでは値段が違う。再生するには、いうまでもなく白い方がいい。「しで」を入れる木の箱がある。印刷ものの、色の附いた「しで」を入れる箱、真白の「しで」を入れる箱、包装紙その他何でも紙屑はみな入れる箱と三通りある。それぞれ屑屋さんの値段が違う。

鰯売り。船場の町にもいろいろ物売りが来る。中でも威勢のいいのは、泉南海岸、特に浜寺あたりでとれた鰯を売りに来る魚屋。天秤棒を担いで、せかせかした声で、

「鰯や鰯。手々噛む鰯」

といって通り過ぎる。

北久太郎町で泊られた大旦那さんが、翌朝、店の前で呼び止めさせて、よくこの鰯を買っておられた。時々、間に合わなくて、こちらが自転車で後を追いかける。

ここで「笑はれ草紙」を紹介しておきたい。和綴じの本で、表紙の書名の上に「如竹編　是庵筆」と並べて書かれている。如竹は大旦那の高太さんのことで、是庵はこの本のために「素人離れした挿絵」（前書き）をかいてくれた日下是庵さん。多分、高太さんの親しいお友達の一人であったのだろう。

「昭和九年拾壱月調整」と終りの頁にあるから、内田さんが浮田文庫紙店へ入って四年目の秋

である。「起きて、みた夢物語」という面白い題の前書きが附いている。要約すれば次のようになる。

せっかくこの世に生れながらついうかうかと暮しているうちに「眼はかすみ、耳は鳴く蟬、歯は落ちて、霜を戴く老の暮」になったが、いつまで居てもこの世の名残は尽きぬ心地がする。明治から大正、昭和へかけてこれほど波瀾に富む時代は無かった。このようなめでたい大御代に生れ遇った有難さを思えば、せめて住み馴れた浪華の都のよしあし草を書いておきたい。明治十九年以後の、わが目で見たものに、人から聞いたそれ以前の話を附け添え、唯かりそめのお笑い草ともなれば上々吉の仕合せ。書いてはみたもののまさか印刷するほどの勇気は無かったが、或る人から冥途の土産にと煽てられ、恥のかき納めにと本にしたという。

親戚の間に配った少部数の非売品であるが、その一冊が帝塚山の兄嫁のところに残っていた。いままで私は、兄嫁のお祖父さんに当る人がこういうものを書き残しているとは少しも知らなかった。息子さんの結婚式の打合せに大阪へ行った内田さんが、兄嫁からことづかって来てくれたのだが、内田さんもこの本については聞いたことが無かったそうだ。

昔の大阪のことが、主として衣食住の面から細かに書かれている。例えば明治二十年ころ（というのは奉公先の決まった高太さんが岡山から大阪へ出て来た翌年になるわけだろう）の、瓦斯燈について。

この時分には家々に街燈をともさず、その替りに各町の四つ角に瓦斯燈一基宛設置してあつた。硝子に東西南北と記す。瓦斯燈屋は細い梯子を肩に担いで、朝はランプの火屋を掃除し石油を注いで廻る。夕方には火を附けに廻る。如何なる風雨の日でもマッチ一本で百発百中見事に火をともす。手練の早技、足も亦早業馴れたものなり。正月二日はこの瓦斯燈屋一年一度の休日、全市闇黒となる。

巧みなものである。そのすぐあとに中之島のあたりの様子が紹介されている。

中之島は明治十年頃までは三休橋筋が東端であつたさうな。橋の南詰に大きな旃檀の樹が一本在つた。即ち旃檀木橋が本名なり。その後漸次に埋め立てして旧難波橋筋に及ぶ。この最端を剣先と云ふ。石垣を築き乱杭を以て囲ふ。その狭間に魚族群遊せり。柳の木が二三本、枝を清流に映して緑樹影沈んでは魚木に登る景色あり。附近に大阪唯一の西洋館大阪ホテルあり。その西方は黒板塀の憲兵屯所あり。

「緑樹影沈んでは」と「竹生島」の一節が飛び出すあたり、番頭以上には謡を習わせるお店の大旦那の面目躍如たるものがあるといえよう。

明治二十年前後には大阪土着の私立銀行が沢山在つた。井上、木原、逸見、小西、谷村、古市、川上、岡崎、虎屋、葛城等々まだその外にもあり。これ等の中には豪商の成上りもあれど大部分は両替屋が名目を改めて銀行になつたものなり。私立銀行の資本金は驚く勿れ最低壱万円以上也。天王寺境内の両替屋は資本金驚くべし僅かに拾円未満也。然るに世人ややもすれば驚く勿れと云ふに驚き、驚くべしと云ふに驚かず。何が故に驚く勿れと云ふ乎。万金を擁して得る所年額僅かに一割に満たず。何の為に驚くべしと云ふ乎。僅かに十金を以て毎日妻子眷属を養ふ。この外無数の一六銀行の計算は知らぬが仕合せ。

これは「住宅・附経済界傍観」と題された章より引いた。銀行会社では高麗橋の第一銀行が洋館の嚆矢である。それまでの銀行はみな普通の家で、客は履物を脱いで上って通帳を差出す。銀行小切手にうんと読み難い訳のわからぬ文字で署名するのは、大阪ではこの第一銀行支店長西園寺某氏が元祖。この署名が一般に流行して、なるだけ読めぬように書く人ほど偉い人のように尊敬する。何かにつけてその名の如く第一なりという話の序に出て来るのだから、高太さんはなかなか物知りというべきである。

丁稚奉公から始まってここまで大きくなるのは並大抵の苦労ではなかったと思われるが、その中にもちゃんと見るべきものは見、心に留めるべきことは留めている。俄か仕込みの一夜漬ではとてもこうはゆかないだろう。商売というもののきびしさを十二分に弁えていた人らしく、気性の烈しさは随所に感じられる。と同時に機智がある。観察によって生み出されるユーモアがある。

牡蠣船も大阪名物の一つなり。冬の始め頃広島から牡蠣と平菜を積んで来て春の終り頃まで橋の袂に陣取る。船頭はどてらを着て牡蠣を割る。若い衆は破れ股引で飯を炊く。客の前でも立ったまま施しでも呉れるやうな態度で物を置いて行く。客が呼ぶと象の唸るやうな声で返辞する。

取り上げたい個所がいくつもあって、どれを先にしたらいいか迷うほどだが、この辺でおくことにしよう。高太さんの「笑はれ草紙」が刷り上った昭和九年という年には、忘れもしない室戸台風による風水害があった。「北久太郎町ノート」にたまたま当時の思い出が出ているので、読んでみたい。

「私のすぐ上の兄、これが次男ですが、小さい時分から機械が好きで、ラジオの放送が大阪で始まった初期の頃に、どこで部品を貰ったのか、自分のお小遣で買って来たのか、鉱石ラジオを組立てて聞かせてくれました。私が小学校二年生の頃です」

貧乏なので普通の学校へは行けなかったが、土佐堀のＹＭＣＡの夜学で英語を勉強した。その関係で当時は殆ど輸入品ばかりであった自動車の部品店へ勤めるようになる。（内田さんが高等小学校を出た時、英語を習いたいという一心からお父さんに内緒でＹＭＣＡへ入学の申込みに行ったのも、身近に語学力を生かした兄さんを見ていたからであろう）

前にちょっと触れたように長男は極道者で家を出てしまったが、この兄さんが親孝行で、まだ結婚はしていなかったが、市岡に借家を借りてそこへ親を引取った。内田さんと二つ違いのお姉さんも一緒で、鰻谷東之町から市岡へ引越した。

「そこへ昭和九年の九月二十一日の風水害です。その時は浮田さんの御主人が北久太郎町一丁目の町会長でした。夜になりましても停電で燈はつかない。私ら自警団で町会の天幕を張った中におりました。そうしましたらね、御主人は勿論いらっしゃる。いまの仁川の恒次さんは予備役の少尉で在郷軍人の分会の役員です。われわれと一緒に夜警に当っておられた」

翌朝になって、築港はえらいこっちゃ、水に浸かっているというニュースが聞えて来た。御主人が、

「善吉。お前とこ、市岡へ越したんやなかったか」

「へえ。市岡パラダイスのすぐ際です」

「そらいかん。いまからすぐ帰りなはれ」

そういってくれたので、急いで帰った。ところが境川あたりまで来ると、市電のレールの上を歩いていても顎の辺まで水である。背が小さい者はこんな時、よけい難儀する。何とか家まで辿り着いたが、二階へ上る階段の途中まで水に浸かっている。生憎、兄は会社の出張で九州へ行っていて留守であった。途方に暮れていたところへまさかと思った自分が帰ったので、みな大喜び。

夕方になって大分水は引いたが、家の中は泥々。電気はつかない。水道は止ったきり。心細くなっていたら、そこへ軍服を着た恒次さんが、小僧に重箱を持たせて来てくれた。見れば胸のあたりまで泥と水。境川から先は通行止めになっているが、軍人だけは行ける。お伴の小僧の頭の上へ重箱を載せて、水の中を突破して来られた。

その重箱には握り飯や蒲鉾が入っている。蠟燭やマッチなんかも下さった。しかし、何を頂いたというより、あの泥水の中をここまで探し当てて来てくれたことだけで胸が一杯になった。両親も自分もお礼の言葉が出ないくらいだった。

「いちばんお気の毒なのは軍刀です。あれだけの泥水に浸かったら、銹びるでしょう。おそらく無茶苦茶になった筈です。軍服にしても同じこと。この感激を忘れてはいけない、何としても御恩は返さないかんと私、思いました」

浮田商店は昭和二十年三月の空襲によって北久太郎町のお店と上町にかたまっていた工場を一つ残さず失ったが、到頭、その打撃から立ち上れないままに幕を閉じた。あるいは、せめてもの慰めは、店の創立者である高太さんがこの悲しみに会うことなく、その直前の二月に帝塚山中一丁目の自宅で七十六歳の長寿を全うして亡くなられたことであろうか。

梅雨に入るのが、今年は早かった。

悦郎さんにも、出来れば芦屋の叔父夫婦にもあまり暑くならないうちに会いたいと私は思っていた。幸い段取りがついて、あと一日で六月が終るという日に妻を伴なって大阪へ出かけた。日取りの打合せをするために電話をかけた時、悦郎さんはまだ帰っていなかった。好子さんはこの前は遠方のところお越し下さいまして有難うございましたと礼を述べてから、

「へえ。それがその、今日はちょっと用事がございまして、まだ戻っておりませんのでございます」

といった。

この前もそっくり同じような受け答えがあったが、その度ごとに新鮮に聞えるのはどうしてだろう。居りませんとか留守ですというふうにいわれると、言葉の接ぎ穂が無くなるけれども、

少し困ったようにこういわれるとむしろほっとする。何だか和やかな気持になる。用件が終ってから、もしよかったら奥さんにも一度、お話を聞かせて頂けると有難いのですがというと、

「それが口下手でございますので」

と好子さんはいった。

次の日は、悦郎さんは知人に不幸があって和歌山へ出かけていて留守であったが、返事は好子さんから聞くことが出来た。春のお茶会以来私たちが三月ぶりに会うことになったその日は、偶然にも生島さんの百カ日に当っていた。で、生島さんのお宅へ寄ってから（あとで悦郎さんに聞くと阪急電車の武庫之荘であった）、私たちのいる中之島のホテルへ来るという。

「三時過ぎには着けると、そのように申しておりました」

と好子さんはいったが、私たちが一階のロビイの窓際の椅子から、小止みなく降り続ける雨の中を通り過ぎる人を眺めるともなく眺めていると、三時を少しまわったかと思う頃に悦郎さんが入ってきた。

忙しい中を繰合せてくれたお礼を先ずいってから、すぐに私たちはエレベーターで九階へ上った。今度も堂島川に面した部屋である。その点はいいのだが、雨ふりだから、この前のように窓際の、テーブルを挟んで向い合う席はそんなに明るくはない。それはやむを得ない。

仕事にかかる前にあとの食事について方針を決めておく必要があった。二月に会った時は、

悦郎さんはきっと和食がいいだろうと私たちは考えて、ここの二階にある鰻の店へ案内するつもりでいたところ、鰻は駄目というから慌てた。お祖父さんからも鰻は食べるなといわれたと悦郎さんはいう。仕方が無い。ほかにとんかつの店と石狩鍋の店があるが、これももう一つ気乗りがしない。で、最後には私たちが十二月に来た時に試みた、地下のグリルの、神戸牛極上肉の鉄板焼ステーキというのを食べることになった。

ただその時、悦郎さんが、外へ行くのやったら知っている店がありますといった。同じ酒を飲むにしても、ホテルのグリルよりは自分の馴染の店の方が気楽でいいかも知れない。この時は様子の分っているグリルへ行く方がいいというので（こちらが招く側であったから）、そうしたが、帰りの汽車の中で私は、この次、もし悦郎さんと会って話を聞かせて貰うようなことになったら、いっそ悦郎さんの心安い店へ行ったらどうだろう、ただし、勘定はいうまでもなく当方が持たせて貰う、それだけはかたがた間違いの無いように念を押しておく、その方がいいのではないかというと、妻もそれに賛成した。

何だか食べることばかり考えているようだが、大事な問題なので、窓際の椅子に向い合って坐るなり、いちばんにそれを持ち出した。畳に坐って食べられるところがあれば、その方がお互いに寛いでいいでしょうというと、悦郎さんは、それなら梅田新道に一軒あるといった。

「その代り、僕らの行くところやから、高級な店やありません。労働者の行く店でっせ」

それでも構わない、気安いのが何よりだからと私も妻も口を揃えていうと、それならちょっと電話をかけて座敷を取っておきます、小さい店やからすぐ満員になるのでといい、悦郎さんは電話のそばへ行った。番号は宙で覚えている。

「坂田やけど。奥の座敷、ちょっと取っといてんか」

向うが何時ごろにお見えになりますかと尋ねたらしい。五時半ごろに行くと悦郎さんは答えて、受話器を置いた。これでわれわれはいったいどこで食事をするのか定まらないままに夕方が近づいて来るという状態は避けることが出来たわけである。

今回もはじめに紅茶を頼んだ。それが来て、みんなが飲み終ったところで妻は部屋から退出する段取りになっている。

悦郎さんの奥さんの評判がいいという話が先ず出た。

「この前のお茶会の様子をお祖母ちゃんに知らせたんです」

と妻はいった。

「そうしたら、とても喜んだ手紙が来たんですけど、その中に、好子さんを悪くいう人はいないと書いてありましたわ」

「そうでっか」

悦郎さんはいい姿勢で椅子に坐ったまま、いった。それから一呼吸置いて、

「これは私の口からいうのもおかしいけど、うちの家内はこれまでずっと年寄りと一緒に暮して来た。それでひとりでに修養が出来たんやないかと思います」

「年寄りとね。なるほど」

「自分の家にも年寄りがおった。ところが結婚して私のところへ来てみたら、私の母がいる。その上にまだ二人、年寄りがいる。お祖父さんとお祖母さんがおりますわな。合せて三人や」

結婚したのが二十五年の五月。はじめは新伊丹の家にいて、悦郎さんだけ高麗橋の店へ通っていた。その年の十二月に新伊丹の家を売ってこちらへ移った。それまで生島がずっと高麗橋の家にいたが、われわれが戻って来るので、よそへ宿替えした。

「私らにしてみればまだ新婚というてもいいくらいです。ところがお祖父さんがいる。お祖母さんがいる。母がいる。それから姉がいる」

「安佐ちゃん」

と妻がいった。

「これは結婚したけど、主人が死んだから、子供連れてうちへ来ている」

「おいくつになられるんですか、姉さんは」

「私より二つ上やから、今年、数えの五十四です。その時は二十七。そこへ妹がおった」

「こいちゃんが二つ下ですね」

と妻がいった。

悦郎さんは頷いて、

「これだけおるところへ来てくれた、私の家内は。いまの人やったら、話聞いただけで、わあ、そんなん御免や」

「そうでしょうね」

「誰も来てくれまへん。いまの人やのうても昔の人であってもそうと違いますか。まだそこへ店の者がいる。それも通いで来る者もおるし、泊りの者もおる。その食事をせんならん。年がら年中、おさんどんです」

姉の子供が幼稚園へ入る前からずっといる。母親が会社へ勤めているから、学校へ行くようになっても、食べさせることから何からみんな見てやらないといけない。

「そうすると、奥さんがひとりで何もかもされるわけですか。お母さんは？」

「あきません。私の母は、私がいうたらいかんけど、ひとり娘でおんば日傘で大きなった人やから世間を知らん。人間はよろしいけど、世間の苦労はしていない」

悦郎さんのお母さんがおっとり育った人だというのは、私も妻から聞いて知っている。結婚した当時のことだが、養子に来た御主人が、蜜柑を持って来てくれといったら、取りに行ったきりいつまでも戻ってこない。どうしたのかと思ったら、蜜柑の皮を剝いて、ひとつずつ、丁寧に筋を取ってお皿の上に並べていた。つまり、そういうふうにして育ったいとはんであった。

「私ら、二階の奥の八畳にいます。隣りにみんないますわな。間に廊下でもあったらまだええけど」

「ありませんか」

「ありますかいな、そんなもん。土一升金一升いうところやから、廊下いうのが一つも無い。襖ひとつ向うに家族がいるんやから、新婚のムードは全然無し」

「甘えたり甘えられたりも出来ませんね」

「出来まへん」

最初からそういう状態であった。辛抱の足りない者ならとっくの昔に帰ってしまったかも知れない。

「私も家内には苦労をかけたという気持があります。惚気るわけやないけど、その点は家内に感謝してます」

それにしても、相性を見てこの人とこの人とならうまく合いますと勧めた易学の先生は大したものといわなくてはいけない。また、その先生のところへ坂田の伯父と好子さんのお父さんが同じ時期に出向いて行ったというのも、不思議なめぐり合せである。私がそれをいうと、悦郎さんは、

「お祖父さんは亡くなるまでその先生の暦を見てました」

毎年、暦をくれる。それによって明日はどっちの方角がいいか分るようになっている。朝、起きると、お祖父さんは近所を散歩するのだが、その日はどこの方角がいいというと、そっちへ向いて歩いて来る。帰ってから朝御飯にする。

「商売でもそうでっせ。明日は京都方面は方角が悪いというと、そしたら止めとこかとなる。あまり凝り過ぎるのも考えもんです。ちょっと行き過ぎやないかと私らも思いますけど、お祖父さんはそうでした」

「そうですか」

「自分が信じてますから、はたからどうこういうことも無い。もともと丈夫で、これという持病が無かったせいかも知れませんが、長いこと寝ていたという覚えは一回もありません。亡くなる前でも、数えの八十九でしたけど、一月寝ていただけです」

少し遅くなったが、紅茶が運ばれて来た。悦郎さんはひと口飲むと、また話を続けた。

「いま、京都いいましたけど、大体、大阪から京都は鬼門になります」

「鬼門ですか」

「京都から大阪へ向いて来る商売はいい。ここの美術倶楽部で会がある時は、どっと来ます。その代り、大阪から京都方面へ向いて行く商売はしない。昔からそうです。大体、私らの業界では古い物を扱うせいか、担ぐ人が多い。私もそうですけど」

それから生島さんの話になった。今日の百カ日にはどのくらいお参りに来られたんですかと尋ねると、

「私ひとりです」

「ひとり?」

「坊さんの来るのが遅なって、三時過ぎるいうんです。それやったらこっちが間に合わんから、抜けて来ました」

「それは相済みませんでした」

(ここで私は生島さんの家はどこにあるのか聞いてみたのだが、阪急の武庫之荘だという。西宮北口の手前だから、芦屋川からは通り道というわけである)

「生島の長男は奈良にいます。京都の、どこの大学やったか忘れたけど、とにかく教授です。何やら哲学」

悦郎さんは少し考えたが、

「哲学には間違いおまへん。私ら、聞いても分らん」

「生島さんの奥さんはおられるんですか」

「います。七十そこそこ、まだ元気です」

二月に悦郎さんに会った時、初めて番頭の生島さんのことを聞いた。亡くなった坂田の伯父から、主人の孫やと思うてくれたら困る、よそから来た丁稚やと思うて使うてくれといって頼まれる。そうしてみっちり二年間、下働きをさせた上でやっと交換会に出してくれた。茶道具屋としてひとり立ち出来るまでにこの生島さんがどれだけ親身に、根気よく、悦郎さんを仕込んでくれたかは、想像に余りあるものがある。

生島さん無くしては現在の悦郎さんは無かったといえるかも知れない。三月のお茶会に行った時、三日前に亡くなられたと聞き、今度、雨の降り注ぐ堂島川のほとりのこのホテルで悦郎さんと会う日がその百カ日である。

「生島のような人間は、もういません。この頃はせいぜい長うて十年、それだけ続く者も珍しい。すぐにぽっと出て、独立する。五十年間も同じ店に奉公しているような人はいまへん。そやから大阪美術倶楽部の五十周年の時に表彰されました。同じ店で五十年勤続したというので」

「いつごろですか」

「とにかく生島は十六の年にうちへ来た。亡くなったんが八十やから、それから計算してみたら分る。十六で入って五十年いうと六十六」

ここで悦郎さんは引算をして、

「いまから十四年前に満五十年で表彰を受けた。大阪の同業者で三人いました。そのうち亡くなったのが生島ともう一人、一人はまだ生きています。新町の春海商店の番頭さんで小田はん、今年、九十です。第一線は引いたけど、まだ矍鑠としている。その人も一緒に表彰を受けました」

悦郎さんの話がひと区切りついたところで妻はテーブルの上のものを片附けると、では退場します、どうぞごゆっくりといって部屋から出て行った。

六

「ともかくも生島という男は、家族的な人間です」

窓際の椅子に少しも姿勢を崩さずに坐ったまま、悦郎さんはいった。

子煩悩というか、そういうところがあった。子煩悩といえばわが子を可愛がることであるが、生島の場合、自分の子は無論、大事にするけれども、他人の子供に目をかける方である。悦郎さんがまだ小さい時分、よく写真を撮ってくれたりした。それからだんだん戦争が長引いて、食物が不自由になった時でも、

「ちょっとお出でなはれ」

「ちょっとええところ、おますから」

といっては、闇ですき焼を食べさせるところへ連れて行ってくれたりした。中学の、食べ盛りの頃に生島はそういうことをしてくれた。

（これは、召集や徴用で店の者がみんないなくなったために、お祖父さんのいいつけで高麗橋の店へ寝泊りして甲子園にある甲陽中学まで通っていた時のことだろう。毎朝、表と家の中の掃除を済ましてからでないと学校へ行けなかったというから、おなかも空いただろう）

御主人の孫ということもあるかも知れない。しかし、それだけではなかったと思う。現によそから入って来た若い丁稚に対しても全く同じ態度で接していた。いつも引張り上げようとしていた。

得意先で茶事があったりすると、生島が声をかけたらみんなついて行った。番頭でも嫌な人はいる。そういう人が誘っても決して一緒に行かない。生島なら喜んでついて行く。それだけ下の者から信用があった。いい換えれば、若い者を育てるのが上手な人であった。

「商売でもなかなか勉強家でしたな。大体、お祖父さんがそういう人でした。極道いうものをしない。極道する時間があったら商売やれ」

ここで悦郎さんは不意に、

「そこの大江橋の市役所の上に、みおつくしの鐘がある」

といった。

「みおつくしって知ってはりますやろ」

「ええ。大阪市の印ですね。こんなふうな」

といいながら、私は宙にかいてみた。

「そうです。そのみおつくしの鐘いうのが屋上にある。あれはいつ頃、出来たんか。とにかく戦後になってからです」

「はあ」

自分もその時分は大阪にいた筈だから、他人事のように聞いていてはいけないのだが、覚えていない。

「これが晩の十時になったら鳴る。大きな音立てて鳴りまんねん。頭の上で」

みな、下に住んでいる。船場界隈であれば大抵、聞えたのではないだろうか。高麗橋なんか、頭の真上で鳴っているようなものである。これが鳴っているのに、まだ家へ帰っていなかったら、

「悦郎、ゆうべ遅かったな」

といわれる。

「十時の鐘、鳴ってたのに帰って来なんだなあ。どこへ行ってたんや」

夜遊びしていたことがお祖父さんに分ってしまう。それも本人にいわないで家内にいう。結

婚するまでは髪は長うしたらいかん、短靴はいかんとひとつひとつ喧しくいったのに、家内と一緒になってからはそっちの方がいいよいのか、小言は家内の耳に入れることが多くなった。直接いわれるよりも、かえって効き目がある。友達に誘われて飲みに行っていても、みおつくしの鐘が鳴るより前に家へ帰る。お祖父さんが怖いので、そうなる。

「お祖父さん、起きているんですか」

「必ず起きてます、みおつくしまでは。あれ聞いて、寝るんです」

ところがもう一つ、厄介なことがある。遅くなって帰って表の戸を開けると、大きなベルが鳴る。

「またそのベルがごっつい音がしまんねん」

家が鰻の寝床のように裏通りまで続いている。それで表から裏まで聞えるように大きなベルが取り付けてある。

「どんなベルですか」

「こんなベルでんがな」

悦郎さんは両手で大きな、まるい輪をつくってみせた。

「普通の、叩くようになってる?」

「よう鳴るのがありますやろ」

どうやら昔風の、単純ではあるが強力なベルであるらしい。私がノートにかいて（鳴っている最中だというしるしに、叩いている棒の先のまわりに波紋をいくつか入れた）見せると、悦郎さんは嬉しそうに、

「それ、それ」

といった。

「表は観音扉。どっちでも開く扉です。扉が開いたら鳴るようになってる。ちょっとの開きかたやったら鳴らない」

正面を向いて人が一人通ると、ベルが鳴る。それよりも狭かったら鳴らない。だから、ほんの少しだけ片方の扉を開ける。そこへ棒切れを当てて支えておく。身体半分を向うへやり、あとの身体半分をこっちへやり、すっと入る。（悦郎さんは椅子に坐ったまま、白の替上着の上半身をゆっくりと動かしてみせた）

「その開けかたがおまんねん」

「なるほど」

「ちょっとでも開け過ぎたら駄目。棒を突込むことも出来ない。そうなったらもう思い切り開けて入る。どっちみち鳴り出してるんやから」

ベルを鳴らさずに中に入ったらしめたもの。次の日になってお祖父さんから、

「昨日、遅かったんやなかったか」

と聞かれても、

「いいえ、早く帰って来てました」

と答える。

（私がそのつっかい棒にする棒切れはどこにあるのかと聞くと、悦郎さんは、そこらに落ちてますやろ、木切れでも何でもといった。備え附けのがあるのかと思ったが、そうではないらしい。もう一つ、表の戸は「かりくりからこ」と鳴る格子戸というふうに妻から聞いていたけれども、それが観音扉に替ったのですかといったら、観音扉の蝶番が潰れてしまったので格子戸になったという。いまでも大阪市内には表がそういう扉になっているところがあると悦郎さんはいった）

その時分、一緒に飲んでいた連中がいまもいる。こちらが帰るというと、もうちょっとええやないかと引き止めたのが、揃って健在である。もとはといえば、よその店へ丁稚さんとして奉公した者ばかり。それがみな、一人前の美術商になっている。二十年前にはアル・サロへ行っていた者も、いまではもう少しましなところへ行くようになった。だが行先こそ変れど、顔ぶれは全く同じ。

「その代り、私は決して無茶な飲みかたはしまへん」

「そうですか」

「大阪におった時分は土間で引繰り返ったことも二、三回はあるけど、芦屋へ行ってからは前後不覚になって帰ったことは無い」

ちょうど四十二の厄の年に肝臓を悪くした。医者から、命が惜しかったら酒止めなはれといわれて、一年半ほど止めていた。それが、

「盃に一杯ならいい」

といわれ、一杯が二杯、二杯が三杯になり、そのうちもとへ戻った。ただし、前のような無茶な飲みかたはしない。定量が分っている。それだけ飲んだら、あとは友達と梯子をしても水を飲んでいる。水飲んでいても勘定の割前は払う。それでも外で飲んでいたらよく入る。つい過すようになるから、気を附けないといけない。

「冷たいものはいかんといわれた。アイスクリームが出ても食べない。まあ、匙に二口くらいは食べるけど、全部はよう食べまへん。えろう好き嫌いは無いが、いかんいわれたことは止めてます」

野菜が好きで、肉類はあまり食べない。特にトマトが好物である。夏は大きな箱で買うけれども、三日で無くなる。朝、昼、晩と食べても飽きない。

ここで私が、春のお茶会に板前さんに来て貰った北浜の料理屋について尋ねた。すると、お

祖父さんが亡くなった先代のお上と懇意であったという。

「お祖父さんに連れて行って貰ったことはありますか」

悦郎さんは首を振った。その店に限らず、お祖父さんに料理屋へ連れて行かれたことは一遍も無い。のみならず、お祖父さんが自分でお金を出して料理屋へ行ったことは無い。

「お祖父さんも大体、似たりよったりで、いや、私がお祖父さんに似たり寄ったりになるわけですけど、とにかく、嫁はん孝行でした」

私は、悦郎さんがどんなふうに「嫁はん孝行」なのかよく分らないが、本人がそういうので、そのまま続きを聞くことにした。

高麗橋にいた時分、朝風呂会というのがあった。朝、いちばんにお風呂へ入って来る。人より遅くなるのは嫌、人より先に銭湯へ入るというのがメンバーの方針。

「今朝はお宅の方が早うおました」

「いや、危いところでしたわ」

そういう挨拶で一日が始まる。ところが、この朝風呂会に入っている人の中で夫婦で行くのはうちだけ。よそはみな主人だけである。あの界隈では誰知らぬ者も無い。

「坂田はんは鴛鴦夫婦や」

といわれていた。

毎朝、二人で出かける。いうまでもなく男湯と女湯に分れているのだが、出る時も必ず一緒である。どうしてそうなるのか。

「入る時に一緒いうのは分るが、出る時、なんで一緒なんや」

みんな、不思議がる。人から聞いた話では、その秘密はこうである。お祖父さんは若い時分から謡を習っていた。一方、お祖母さんは娘時分から鼓の稽古をしていた。そこで風呂から出る時にお祖父さんが、

「よおう」

と声をかけたら、お祖母さんが桶の底を二度続けて打つ。それが合図であったという。

「そらもう何でっせ。仲よろしおましたで」

「そうですか」

「何かにつけてお祖母さんのサービスは宜しかった、お祖父さんに対する。そばにおる若い者が当てられるくらいでした」

例えば風呂から上った時にしても（銭湯ではそういうわけにゆかないが）、お祖父さんの背中からタオルをかけて拭いて上げる。結婚したての頃ならともかく、七十、八十になってとてもそんな真似は出来るものではない。

「それをやってはりましたからな、お祖母さんは。当てられますわな、はたのもんは」

下着類でもお祖父さんのものはお祖母さんがずっと洗濯をしていた。夫婦だから当然のことではあるが、それが年を取ってからも変らない。身体がえらくなって洗濯が応えるようになっても、それだけは自分でしていた。

外へ出る時でも、人が見てようと見てまいと、二人は手に手を取って歩いていた。「高砂」の、あの尉と姥そっくりであった。

「では、自然と見習うようになるでしょうね」

「私は殆ど外へ出てますけど、家内が見てますから」

「夫婦というもんはこんなに仲ようせないかんもんやと思ってられますでしょう、奥さんは。悦郎さんにしても」

「仕様ことなしにね」

私は笑ってしまった。

「いや、前にもいいましたけど、私ら喧嘩したことおまへん。結婚してから今日まで一回も家内に向って手を上げたことは無い。よう無茶なことする人、おますわな」

たまには具合の悪いことも起る。だが、同じ屋根の下で顔を突き合せていながら、お互いに口を利かなかったら、どっちも気持が悪い。二日も三日も黙っているくらいだったら、

「えらい済んまへん」

といって謝まった方がよっぽどいい。

これまでと違って、いまは子供もいるのだから、少しでもお祖父さん、お祖母さんのあの睦じさにあやかるようにしたい。

「お祖父さんがあとですか、亡くなられたのは」

「お祖父さんが先。あれだけ仲がよかったせいか、自然にそうなったのか、お祖父さんの三回忌が済んで間もなく亡くなった。その頃はもう大分弱ってたけど、三回忌まではという気力でもっていました。どうしても主人の三回忌は勤めないかんという気持だけで生きてたんやと思います」

二月に会った時、お祖母さんの一周忌の供養にお参りに来てくれた人に鰻丼を出したら、みんな驚いて精進と違うのですかといったという話を聞いたが、いったい誰がそういう計らいをしたのか知らなかった。

「それでは悦郎さんが鰻丼を出されたんですね、お祖母さんの一周忌に」

「私です」

「お祖父さんかなと思っていたんです」

「あれは私。お祖母さんが好きやったので」

それから悦郎さんは、

「うちの」

といいかけて、

「何でもしゃべりますけど」

「どうぞお願いします」

「うちのお墓によそに無いものがある。両手に花」

いきなりそういわれても分らない。

「大抵、一つの墓石に夫婦が入ってますやろ、どこでも。それがうちは三人、入ってます。真中がお祖父さん、左右は女性。そやから両手に花、いいます。片方が先妻、片方が後妻」

この先妻さんがひとり娘であった悦郎さんのお母さんの生みの親であるということは、私も妻から聞いて知っている。従って悦郎さんがお祖母さんと呼んでいる人は、義理の祖母ということになる。

「後妻さんの場合、別に小さい碑を横へ建てる。それを両手に花にしたのは私。お祖父さんが死んでここへ入る時、お祖母さんの戒名を彫って貰った、朱を入れて。あんたもここへ入れたげますいうて」

それというのもお祖父さんの還暦の時、これで自分の一生は終った、改めて一歳からやり直す、それでお祝いはするけれども、いつ死んでもいいように先のことは全部用意しておくといって、白無垢の手甲、脚絆から足袋までこしらえた。いわゆる死出の旅の装束である。その時、戒名も二人一緒に作った。この石碑はお祖父さんが建てたものだが、手まわしよく戒名を入れてしまった、自分の入るところへ。だから、お祖母さんの戒名は出来ていた。

「それで、入りはる場所も決めて、お祖母さんに見せて上げた。戒名を彫って貰って、朱を入れてから。お祖母さん、亡くなりはったらここへ入れたげますから、安心しなはれというた。えらい喜んではりました。そうせんと、自分が死んだらどこへ行くんやろと心配する」

このお祖母さんは、本当だったら養子を貰うべき人であった。それを家の方を蹴って坂田へ嫁いで来た。

「家つき娘ですわ」

「御商売か何かなさっていたんですか」

「ええ。やっぱり昔は何か商売してたんでしょうな。あんまり里のことはいわなんだ。こちらも聞かんかったし、自分もいいたがらなかった」

お祖母さんは北区の真砂町に家作を持っていた。前にもいったようにここがお祖母さんの出《で》生《しょう》。（悦郎さんのお父さんが亡くなったあと、それまで若夫婦と子供だけで暮していた、宝塚の手前の清荒神の家からこの真砂町へ引越したという話は、二月に会った時に聞いた。悦郎さんはそこで数えの六つか七つまでいたが、身体が弱くて病気ばかりしている。こんなことをし

ていてはいかんというので空気のいい伊丹へ行った）うちの親戚で戦災に会って住む家が無くなった人がいた。お祖父さんが、

「どこも入るとこが無いのやったら、お祖母さんの借家があるから、そこへ入りなはれ」

といって、入って貰った。

「坂田の伯父さんは、よくそういう時に世話をなさる方だったんですね」

「よう人の世話をしてました。人から頼んで来られて、これなら実行できると思うことなら大抵、承知しましたいうて引受けていました」

「そうですか」

「どんなことに拘らず、私財を擲ってまでというんやない。その代り、自分に出来得る限りのことは人のためにする」

ここで悦郎さんは、話を元へ戻した。

「そんなわけでお祖母さんは養子を貰わないかんところを、それを蹴って坂田へ来たもんやから、出生の後嗣ぎがおまへん。墓のお守りを私がしてます。春秋のお彼岸のお墓の掃除からお盆まで一切」

「よくされますね」

「私がせなんだら、する人が無いから」

「それにしても偉いなあ。僕らは親の墓参りだけで精いっぱいです。お墓は近いんですか」

「これが同じ寺、図らずも一緒です。幸い寺が同じやから、それで世話が出来まんねんけど」

「どこにあるんですか、お寺は」

「北区の寺町。寺ばっかり集まってるから寺町いうんです」

これも不思議な縁といわなくてはいけない。私の妻がいうには、子供の頃に会った坂田のお祖母さんは、色白で瓜実顔のきれいな人で、いつもお祖父さんの横にきちんと坐っていたそうだ。

「いや、同じ寺にしても、なかなか出来ないことです」

「放っとくわけに行きまへんから。しかし、私がいる間はいいけど、私が死んだら、あとを引き継いでくれる者がおらんと困る。いま、それを考えてます」

五十になったばかりの悦郎さんが、いまから先の心配をしている。先祖の祭りだけではなく、厄介なことは何もかも大阪にいる兄夫婦に任せ切りでいるわが身を振り返ると、恥しくなる。

「いままでは家族主義でしたから宜しおましたけど、現代はそうやない。だんだんと考えも変って来るのと違いますか。前は親がこうせないかんというたら、それを守ったもんですけど。というて、自分がこうして来たから子供にもこうせえと押しつけがましいことはいわれない。私が元気なうちに、ある程度の金を包んで永代供養をして貰おうかと思ったりするんです。まだ元気やから、いまだにお墓の守りをしてますけど」

悦郎さんは相変らずいい姿勢で坐っている。

「私がしてくれということを子供がしてくれるかどうか、先のことは分らない。結局、自分が態度で示して来たら、子供もあとを継いでくれると思うけど。今朝なんか見てたら、お仏壇の花の水替えて、手を合せて、それから学校へ行きました」

「加代ちゃんがね」

「やっぱり口でいうより自分で率先して態度で表わしたら、子供もついて来てくれるかも知れんと、そんなふうに考えたりもしますけど。こればっかりは分らん」

もうあまり時間は無かった。ついさっき妻が戻って来た。あと三十分くらいたったらもう一度、帰って来るようにいったのだが、そろそろ入口の戸を打つ音がする頃だろう。急がなくてはいけない。

「これまでに何か失敗をしたということはありますか、商売の上で」

「大体、私は」

といってから悦郎さんは少し考えた。

「そうでんな。いままでに大失敗をしたというようなことは無い。石橋を叩いて渡る方ですから」

「そうですか」

「つまり、賭け勝負というのは出来ない。ひとつ、一か八か勝負をやって、穴でも当てようかというのは、ようしまへん。そやからあまり成功もせん代り失敗もしない。よう諺にありまっしゃろ、沈香も焚かず屁もひらず。あれですわ」

「どこまでも手固くということですね」

悦郎さんは頷いて、

「お祖父さんがよういうてました。商売人はでんぼと一緒や、大きなったら潰れる」

「出来ものと同じですか。なるほど」

「だからお祖父さんは、ここでひとつ大きい資本をかけてやるということは無かった。銀行で一度も金を借りたこと無い。銀行で金を借りなかったら大きな仕事は出来ないもんです。それをしまへん。銀行は貯金するだけ」

そういってから、

「そんなによう け貯金も殖えへんけど」

「悦郎さんもその方針を守っているわけですね」

「そやから、金は無いけど借金も無い。自慢するわけやないけど、これがいちばんよろしい。金は無いいうても、飲み代はある。あんさんもそうですやろ。金は無い無いいうけど、飲み代だけは何とかなる」

「それは結構です」

「借金したら夜も寝られんいう、利息に追われて。肩張って道、歩かれしまへん。人に迷惑かけなかったら大通りを堂々と歩けます。世間には外車に運転手附きで乗りまわしているけど家の中は火の車いう人がいる。そういう人は気の毒なものです、考えてみたら」

悦郎さんはちょっと黙っていたが、

「寝られんで思い出したけど」

といった。

「私はこんなに見えてても、神経病み。枕が変ったら寝られない。いちばん辛いのは旅行。旅行したらもう一睡も出来ない」

「そうですか」

「そやからどこへ行くのも日帰り。日帰りで行けるところしか行きまへん。東京にもお得意さんがいて、どうしても行かんならん時がある。行くのは行きますけど、一回も泊ったこと無し。それが五年前にヨーロッパへ行きました、同業者と一緒に」

「何人くらいですか」

「十七人いました。友達がみんな行くいうんです。僕は寝られんからいうたら、そんなものどうでもなる、寝られなかったら寝んでもええ、ちゃんと連れて行って連れて帰ってくれるんやから心配無い、行こうやないかいうので行った」

「どうでしたか」

「寝られんで往生しました。目、真っかっかでした。帰ってからも暫く身体の具合がおかしかった。あれ、時差呆けいうんですか。なかなか元へ戻らなんだ」

そこへ妻が帰って来た。私たちはすぐ出かけることにして窓際のテーブルの上を片附けた。

この晩、遅くなってホテルへ戻ってから私は妻から聞いたのだが、私が悦郎さんの話を聞いている間、妻は前と同じようにロビイの奥の、一段上ったところでずっと本を読んでいたという。今度も子供に借りた英国の探偵小説を旅行鞄の中へ入れて来ていた。

途中で芦屋へ電話をかけると、叔母が出て、いまどこにいるのと聞いた。中之島のホテルです、明日、伺ってよろしいですか。(前もって都合は聞いてあったのだが、念のためにかけてみた) すると、叔母は謡の稽古があるのでお相手できないが、主人は一日中閑だから来て頂戴、お目にかかるのを楽しみにしているのという。

私たちは昼は一緒に鮨屋さんへでも行ったらどうだろうと話していた。それで、

「お鮨は好きですか」

と聞くと、

「大好きだけどそんな心配はしないで。海の方へおりて行ったところに静かな、いいレストランがあるの。そこならゆっくり話も出来るからいいと思うの」

それならお菓子でも買って行きますというと、叔母は、そんな心配は要らない、でも気が済まないというのなら、果物がいいわ、お菓子も好きだけど、果物は朝晩頂くの、駅のそばに果物屋さんがあるからそこで何でもいいから買って来て、二人だからちょっとでいいのよといった。

妻がもとの椅子へ戻って本の続きを読んでいると、向いの中華レストランに明りがついて、中で給仕が二人、食卓の用意を始めるのが見えた。とたんにおなかが空いているのに気が附いた。

ホテルの玄関の前には、車を待つ人が溜っていた。もし雨があれほど念入りに降っていなくて、急いで行く必要が無かったら、大した距離ではないから歩いて行った方がよろしいと悦郎さんはいっただろうし、私たちもそれに賛成したかも知れない。夕暮れの街を話しながら歩くのは楽しいから。だが、途中で電話をかけ直して、時間を延ばして貰っている。悦郎さんに少し遅れても構いませんかと聞くと、

「かめしまへん」

といったのだが、そんなこともあって私は気が急いていた。

空き車はなかなか来なかった。もっとも、車を呼び入れては客のために傘をさしかけてくれる、少し年を取ったドアマンが気さくで親切な人で、待ち時間がちっとも苦にならない。それに私たちのすぐ前は若い女の子の四人連れであったが、これが一遍に片附いてしまった。

(このドアマンは、私と妻がロビイの窓際の椅子で悦郎さんを待っている時、夕刊を届けに来た若者が新聞の包みの中からホテルの分を抜き出す間、親しげに話しかけていた)

車が来た時、私は前の扉を開けて運転手の横へ坐った。悦郎さんは、

「そこに私が乗らんと段取りが悪い。道案内をせんならんから」

といったのだが、行先はそれほど面倒なところではない。桜橋から梅田新道の方へ進む途中で、私が窓の外を見ていると、うしろから、

「この辺も変ってますやろ」

と悦郎さんがいった。

東京へ行ってから二十数年たったわけだから、変ったには違いない。ただ、もとがどうなっていたのやらまるで覚えていないのだから、何とも答えられない。

妻が、春のお茶会で悦郎さんの着ていた紬の紋付がよかったので、ああいうのがあったらい

いわとうちでいっていますの、紺絣はありますけどというと、悦郎さんは、

「私は着物いうたら紋付しかおまへん。ほかのもんは何にも無い」

といった。


梅田新道の交叉点を東へ渡ったところで車をおりる。傘をひろげて狭い道を入って行くと、お初天神の境内へ出たのでびっくりした。行先がここことは知らなかった。それではどこへ行くと思っていたのかといわれると返事に詰まるが、今晩、われわれ三人が雨の中を出向いて行って、ゆっくりと会食をするのに、これ以上ふさわしい場所は無いような気がしたのはなぜだろう。


悦郎さんと私のすぐうしろをついて来る妻が、

「お初天神。嬉しいわ」

「初めてでっか」

「こっちの方は来たことありませんの。南の法善寺あたりなら、連れて行って貰ったけど。てっちりを食べに」

「そらよろしおましたな」

今度は私の方を向いて、

「お宅は来はったことありますやろ」

「いや、初めてですね。一回、友達とどぶろくを飲みに行ったのは、梅田の近くの」

「どぶろく？　そんなもん、置いてまへん」

「いえ、昔の話ですけど。もう二十五年くらい前になるかな」

という間にわれわれは賑やかな露地へと曲る。両側に小料理屋ふうの店が隙間なしに並んでいる。悦郎さんの足取りは、水の低きにつくが如くといった趣がある。いい換えれば、酒場通いには年期が入っていると思わせる歩きかたである。せっかく天神さんへ来たのだから、少しでも拝んで行こうという考えがこちらの頭に浮びそうなのに、そういう隙を与えなかった。

「ここは全部、お初天神のものです」

悦郎さんはいった。

「そうすると、境内の中ですか」

「みんな、店子」

間もなく店に着く。中のカウンターには馴染客らしい紳士がひとりだけ、寛いだ様子で板前さんを相手に話している。そのうしろを通って奥の座敷へ上る。ちょうど手頃な大きさで、これなら落着く。花も活けてある。もっとも、はじめに悦郎さんが、僕らの行くところやから高級な店やありません、

「労働者の行く店でっせ」

といったのは、言葉の綾というものだろう。表には「割烹ひさとみ」と書いてあった。

「ここのママとは二十年のつき合い。僕らがアル・サロへ行っていた時代からずっと馴染です。よう気心が分っています。私の家内も知っています。難波の道弘さんも岡山から来た時、二回くらい案内したけど、これはいい店じゃいうて喜んでくれた」

これだけの予備知識を私は与えられている。が、そのお上さんはまだ時間が早いので、出勤していない。

女の人がお絞りを持って来る。先ずビールを頼む。悦郎さんは、冷たいものを一息に咽喉を通すのは肝臓によくないと医者にいわれているので、ビールは飲まない。夏でも酒を飲む。そうでなければウイスキーの水割り。これは一息に飲まないからいい。ただし飲屋なんかで最初にビールが出るが、そういう時は一、二杯は飲んでもいい。九階の部屋でそういっていた。

それなら大きな食い違いは無い。続いてお酒を出して貰うようにすればいい。

「襖、張り替えたんか」

と悦郎さん。

「はい」

「きれいになったな」

女の人が引込んだあと、自分の同業者はよくここへ集まる、ここで御飯を食べる、芦屋へ帰る者が二、三人いるが、みんなここで御飯を食べて帰るといった。そうすると「ひさとみ」は悦郎さんたち茶道具屋さん仲間にとっては、無くてはならないものなのだろう。もしも急に店を止められたりすると大変迷惑するだろう。

お通しと素麵の小鉢と一緒にビールが運ばれる。お疲れさまでしたといって、乾盃する。最初に素麵が出たのは有難い。

悦郎さんの着ている白の替上着がなかなかいいという話になった。白のところへ薄い青の縞が入っている。

「素敵な上着ですね」

と妻がいうと、

「よろしおまっしゃろ、これ。ヨーロッパへ行くのに作った」

「そうですか」

「二十日間もまわるんやから、汗附いててもええの無いかいうたら、これ作りなはれといわれた」

十七人で行ったが、みんな紺の上下。私だけこれを着て行った。紺の三つ揃いを一着、鞄の中へ入れて行くことは行ったが、殆ど着なかった。ずっとこれで通した。ロンドンに何とかいう有名な洋服屋がある。(ここで悦郎さんは私に名前を尋ねたが、ロンドンへ行ったことが無

いので分らない）そこへ入ってオーバーをこしらえた。店の人が上着を見て、

「ベリイ・グッド」

といって握手してくれた。

次は濃茶について。粗茶一服といったら、濃茶のこと。薄茶は飽くまでも附け足り。濃茶を差上げて、足りない時に出すのが薄茶である。（何の話から濃茶になったのだろう。私が何か尋ねたのに違いないが、思い出せない）

この間、うちであった茶会では、濃茶の点前をしていたら時間が足りない。何せ大勢のお客さんなのでやむを得ず薄茶にしたが、あれは正式ではない。

そういってから悦郎さんは、

「茶事というのは、客を招待する時に正客だけを呼ぶ。あとのお客は正客が連れて来る。自分の懇意な人を連れて来る。だから、濃茶は親しい者しか飲まない」

と説明してくれた。

なるほど三月のお茶会の時には、私たちの身内だけで六人もいた。そこへ先客の、坂田の伯父にお茶を習っていた婦人も合せて全部で十三人も茶室へ入った。半東役の正夫さんが苦労してそれだけ詰め込んでくれた。濃茶というのは一つの茶碗をみんなでまわし飲みするわけだが、あれではとても無理だろう。

そのうちにお上さんが酒を持って現れた。

「いらっしゃいませ」

悦郎さんは先ず私から紹介する。

「この人は小説家。いまは東京に住んではるけど、生れも育ちも大阪」

今度は妻の方を向いて、

「この人は私の従姉。血肉を分けた従姉」

「まあ、そうでございますか」

「この人は従姉で、こっちの人は従姉の主人」

もっと後になってからであるが、悦郎さんはお上さんについて次のようなことをいった。

ここの店へ来るのは中年以上の客が多いが、その常連客がみな、ここのママの眼鏡かけてる顔が魅力的やという。十人が十人ともそういう。

「眼鏡かけてないと面白い顔してまっせ。ちょっと外してみ。ようこんな顔して勤まるなと思うような顔してまっせ」

お上さんは笑っている。口の悪いのには馴れっこになっているのだろう。

「よっぽど金かけてるな、その眼鏡に。何十万円する?」

「あなたが買ってくれた眼鏡やないの」

眼鏡をかけた顔に魅力があるということは、かけている本人がいいからだろう。いい換えれば、常連客である紳士諸君は（悦郎さんたちの仲間を含めて）眼鏡をだしにしてお互いにお上さんを自慢し合っていることになる。

鱧の洗いが出た。

「あ、鱧。これが食べたかったの」

妻のあとから私が、

「いや、昨日の夕方、二人で話していたんです。明日のいま時分は何を食べているかな、鱧はまだちょっと早いかなって」

「東京は鱧、おまへんか」

と悦郎さん。

「ありませんの。無いわけじゃないと思うけど、殆ど見かけません。近くの魚屋さんでは」

「私ら、鱧か、もう結構や」

顔の前で手を振ってみせて、

「そんなもんです。どこにでもおまっせ、こっちは」

「鱧は梅雨の水を吸うて大きくなるいいます」

とお上さん。

「素麺が出たし、鱧が出た。いよいよこれは夏の気分だな」

と私。

「祭りの時に食べるもんは決まってます。鱧に天ぷら、素麺。どこも一緒だす」

悦郎さんがそういうと、

「お祭りといえば、明日が愛染さんの宵宮です。いい時にいらっしゃいましたわ」

とお上さん。

「大阪の夏祭りは愛染さんに始まって住吉さんで終る」

これは悦郎さん。

情無いことにこちらは「愛染さん」がいったいどこにあるのかも知らない。それを知らないようでは浪花の子といえないのではないか。南の端の、物心つくまでは東成郡住吉村の、葱畑のほとりでとんぼ取りをして大きくなった自分であるにしても、淋しい。(あとで、二月に来た時に買った市街図の附録をみたら、六月三十日から七月二日までが愛染祭、所は四天王寺の勝鬘院と出ていた)

次はめいたがれいの空揚げ。ただし、悦郎さんだけ「ざくざく」にする。めいたの空揚げなんか、聞いただけでもうんざりする、そんなんはもう御免やというのだから、仕方が無い。

「坂田さんはいつもざくざくです」

とお上さんがいう。

その「ざくざく」の内容であるが、胡瓜と鮑ですかと妻が聞くと、

「蒸し鮑です、柔かいので。ほんまやったら、胡瓜と鱧の皮ですけど」

次に出たのは、小芋と新牛蒡ときぬさやの焚合せ。その辺から悦郎さんは、わしはもう何も要らん、これだけでいいといい出す。まだ「ざくざく」が前にある。この人は料理のことに思い煩うよりも、気に入りのものが何か一品ありさえすれば、ゆっくりとそれで酒を飲む方がいいのかも知れない。ふだん業者の友達とここへ来る時は、きっとそうしているのだろう。

それともう一つ、今日の会食については勘定はこちらで持たせて貰うように前もって話合いはついているが、それにしても旅の者にあまり余分なお金を使わせたくないという心遣いも、幾分かあるのではないだろうか。

「お祖父さんの墓へ行って来はったらよろしおましたな。両手に花が見られるのに」

悦郎さんは自分の従姉に向っていい出す。

「両手に花って何ですの」

ここでもう一度、なぜ「両手に花」であるか、その訳が披露される。お祖母さん、亡くなりはったらここへ入れたげますから安心しなはれといったら、えらい喜んではりました。そうせんと自分が死んだらどこへ行くんやろと心配するというところまで来て、

「偉いわ、悦郎さん」

と妻が感謝する。

「いや、本当だ」

と私もいう。二度目ではあるが、酒が入っている時に聞くとよけい気持がいい。

「前のお祖母さんは知らないの。いつ頃亡くなられたんですか」

「母が十七か八の頃だす」

知らない筈ね、それではと妻がいうと、

「そら、そうだっしゃろ。あんさんの生れてない頃やから」

「坂田のお祖母さんってほんとにきれいな方だったわ。色が白くて、瓜実顔で。いつも黒い髪をきちんと結っておられて。あれは御自分の髪ですの」

「あれはかもじ」

悦郎さんは、ここで手真似を入れながらかもじの説明をしてくれた。丁髷を解くと髪がざんばらになる。真中にかもじを載せておいて、下った髪を両方から上へ上げる。

「一回、お祖母さんのかもじ買いに京都まで行きました。戦争直後やから、そんなもんおまへん。私が京都へ行って見つけて来た。お祖母さん、かもじやいうて渡したら、涙流してはりました」

まだまだ続くのだが、この辺で筆をおくことにしよう。外は「まめだ（豆狸）が徳利もって酒買いに」行くような雨の夜である。

七

大正七年五月に出版された「鉄道旅行案内」を開いてみよう。

鉄道旅行の栞に供せんがために発行したものというが、地図はもとより広重の色刷りの版画を始めとして趣のある古い絵が豊富に収められていて、目を楽しませてくれる。また、

「主なる遊覧地に就ては、自動車、馬車、人力車、駕籠、船等の賃金及所要の時間は記載したけれども、紙面の都合で、自動車、馬車等のある場合は人力車賃を省いた所もある」

あるいは、

「沿線旅館一覧表には鉄道沿線の都市、其他温泉、海水浴場、遊覧地等に於ける主なるものを掲げんことを期した。されど尚漏れたものも多からうと思ふ」

という様な「例言」が示すように、大らかでゆったりしている。発行元は鉄道院だが、ちっともお役所風を吹かしたところが無いばかりか、親身で行届いている。芭蕉や子規その他の俳人の句をよく集めてあって、読物としても中身が詰まっている。

奥付には非売品としてあるが、「本書は東京市日本橋区本町三丁目博文館に許可を与へて翻刻せしめ一冊定価金壱円拾銭にて一般に発売為致候に付御希望の方は同館又は一般書店にて御購求被成下候はば幸不過之候」という但し書が附いているところを見ると、最初から一切を博文館に任せたとも考えられる。おそらく企画編集の担当者に人を得たのだろう。

東海道線の「大阪」はこんなふうに始まる。

「なには津に咲くや昔の梅の花今も春なる浦風ぞ吹く」。古は浪速と呼びて、梅に名高くまた芦に名高い処、今大阪と称して人口百五十万八千六百人に上り、本邦第二の都府、海内無双の商業地として市街の繁盛、商機の活潑、首府東京にも優るかと思はれる。

各都市の紹介に当っては、市の印の定まっているところはこれを掲げているが、カットとしての効果を発揮していて興味深い。大阪はみおつくし。われわれは悦郎さんから晩の十時になると鳴り響いた、大江橋の市役所の屋上の「みおつくしの鐘」について聞かされたばかりである。

「旅客一度大阪に下るれば家屋の構造、市街の区画、道路の布置、市民の風俗、また全く一種の商業的趣味を帯ぶるを発見するであらう」と続くのだが、もっと先へ行くと、豊臣秀吉がここに城を築いて天下に号令し、また天下富豪の商人を集めてから頓に繁華になったが、豊臣氏の亡んだ後もなお全国商業の中心地となり、各藩の物産交換の大市場としてこの地の物価の一高一低は直ちに全国に波及したと、いわゆる「天下の台所」としての大阪の性格に触れている。

ひょっとすると、「大阪」を受持ったのは、当時、上方に住んでいた人ではなかったかと思いたくなるのは、河川の四通八達している有様について語った次の箇所である。

見よ山城より落ちて流るる淀川は、京橋を過ぎて寝屋川と合し、巨流いよいよ西方に落ちて、ここに中之島を作り、余勢二流に岐れて、堂島川となり、土佐堀川となり、共に西南に奔り、末また合して安治川となって居る。これを市内の大河として、木津川あり、尻無川あり、東横堀川あり、西横堀川あり、長堀川あり、道頓堀川あり、東西南北に流るる川々の数は四十五条に達し、これに架した大阪名物の橋梁は、大小併せて四百八十、八百八橋の称あるまた宜なりといふべしである。夕陽西に舂《うす》づけば、淀の川瀬に燈火の影満天の星と落ちて、風にゆらるる柳の糸の、招く手振りに月ほのめきて、往くさ来るさの涼舟、目もくるめかんばかりである。

もっとも、昔の人は紀行を綴らせると、誰しもこういう情熱をこめた書き方をしたものらしいから、必ずしも上方生れの人である必要は無い。(「東京」の方が、その点、もっと盛んで、中でも向島から荒川堤へかけての花見のくだりは、ここに引用したくなるほど迫力がある)一方では先ほどの「例言」に見られるようにどこまでも実際の旅行に役立つように、市内電車の運賃が片道五銭、往復は九銭、回数切符になると十五回分が五十五銭、三十回分一円五銭と割安になることも、ちゃんと記載してある。

名所旧蹟の中に、「北久太郎町ノート」で既にわれわれの馴染となった坐摩神社が、市の鎮守神にして社殿壮麗なりと紹介されているのが嬉しい。宵宮には、浮田文庫紙店の御主人を先頭に番頭、小僧がみんなでお参りに出かけ、提燈に火を入れて貰った氏神さまである。帰って来ると御主人がかき氷に砂糖水をかけた「みぞれ」を店屋から取ってくれる。晩御飯には、かいわれ菜と木耳入りの「白てん」の吸物、素麺、鱧の焼いたのが出る。そういう御馳走が待っていることも承知している。

御霊神社の境内には、大阪の名物の文楽座がある。これは是非とも見物すべきものであろう。「笑はれ草紙」の中にもこの文楽座に触れている箇所があるので、ついでにお目にかけたい。

もっとも、著者である浮田高太さんは、自分は興行方面に関しては憚りながら全く無識無経験であるが、一通り恥をかき並べてみるとはじめに断っておられる。

中頃御池橋から松島へ移り更に船場のお客を目当てに御霊神社内に櫓を構へた。一座の連中熨斗目社袢の行儀正しく芸人仲間のお公卿さん然として故実を守り型を崩さず。品行方正第一給金に目を呉れず、只管芸道を励んで決して河原乞食の仲間入りをせぬ。お客筋も皆お上品な柄でお静かに御見物遊ばされる。道頓堀の大芝居へはお顔がさしてお越しならぬ程の方々でも、文楽へはお構ひなしにおこしになる。

そのあとへ全盛期の文楽を支えた太夫の面々が紹介されるのだが、「水晶の玉を鏡の上でころばす様な節廻しで鈴虫を絹糸で括ったやうな声」の越路太夫、「百雷が一時に落ちた様な」大音声の呂太夫というのは、当時の世間の評判をそのまま伝えたものか、それとも高太さんの発明になるものか知らないが、愉快である。

また人形遣いの達人の吉田玉造玉助の父子、女形の名人の紋十郎の舞台をたたえた後に、

此神変不思議の妙芸而かも、切見がタツタ弐銭。木戸口の脇から覗いて見れば唯今越路太

夫の段でござる。成程百匁蠟燭見台の左右に輝く。但し津太夫は八十匁、呂太夫は七十匁蠟燭を用ゆる。其以下の太夫は石油らんぷの燭台なり。

となかなか観察が細かい。耳学問ではなかなかこうはゆかない。

市内遊覧に戻る。後先になったが、大阪城がある。いまは第四師団司令部になっている。北御堂、南御堂がある。久々知の広済寺内には近松門左衛門の墓（これは別項の神崎のところに出ている。神崎駅より北半里、車賃十五銭）、誓願寺内には井原西鶴の墓がある。共に今の大阪趣味の種を植えた人で、大阪へ行った人の必ず詣ずべき所である。（どちらにも詣でたことが無く、お墓のある場所さえ知らない私は、耳が痛い）

桜宮は東廿九町、桜の名所。東十九町の天満神社は菅公を祀る。年毎の夏祭りはいわゆる関西の大祭礼として京の祇園会と並び称せられる。

神輿はここから松島の御旅所まで船渡御あり。漫々たる淀川の流れには氏子の面々が御迎船を飾り、踊り狂うて之を迎ふ。陸には家毎に軒燈を釣し幕引き廻して、節いさましく地車《だんじり》を引き出す。盛観殆ど他に比すべきものがない。

中之島公園は南十三町、市中第一の遊園、その東端に豊国神社がある。余談になるが、「笑はれ草紙」によると、大阪で最初にビヤ・ホールが出来たのはこの中之島豊国神社の西手の空地、いまの市役所の辺で、朝日麦酒会社の経営で開催されたという。その時のビールの副食は、生の大根や胡瓜を塩水につけたもの、西洋通になりたさに皆辛抱してうまそうな顔して食うたと高太さんは書きとめている。

道頓堀から千日前へかけては、河竹五座の芝居が櫓を並べて、寄席もあれば見せ物もあり、義太夫席も飲食店もあり、東京の浅草、京都の新京極とともに天下の三大俗地。官幣大社の生《い》国魂《くたま》神社は先年火に焼けたが、その眺望台からは茅沼《ちぬ》の海を隔てて淡路島が眺められる。これから四天王寺、「真田幸村六連銭の旗風、今尚翻つて居る心地がする」茶臼山、天下茶屋と私の生れ育った「住吉村」へ近づいて行くのだが、この辺で大正の中頃の大阪の町と別れることにする。

悦郎さんと会った明くる日、私たちは芦屋へ行った。

空はいくらか明るくなっては来たが、雨はまだ止まない。ホテルを出て少し行った先を右へ曲って、ひとつ南側の道を私たちは淀屋橋まで出たのだが、出勤する人たちの流れに逆らって歩く恰好になった。傘をぶつけないように気を附けなくてはいけない。

地下鉄の入口の階段をおりる前に、二人は橋の上から土佐堀川の水面を見下す。どうしたって川を見ずにはいられない。十二月に来た時に気附いたのだが、水がきれいになっているのには感心する。（昔の川を取り戻そうという運動が大阪市の手で進められていることも、今度、初めて知った）梅田から三宮行き各駅停車に乗る。生島さんの家のある武庫之荘に止った時、向いの席のおばあさんが外を見て、

「桜がようけある」

といった。連れの女の人が頷いて、

「花の時分なら、霞か雲か、ですやろ」

駅前の道にずっと桜が植わっている。静かな住宅町らしいが、元気な時の生島さんは、何度となくこの桜の下を通ったことだろう。百カ日の日に大阪へ来たというのも、繰返しいうようだが何かの縁のような気がする。

芦屋川でおりる。道順はよく分っている。妻もこの前のように、これ、阪急電車ですねといったり、神戸はどっちですかと私に尋ねたりはしない。近くの小さな果物屋で、桃と葡萄とグレープフルーツを買って、二つの包みに分けて貰った。踏切まで来ると、ひとりでに足はそちらへ曲る。あとで鈴木の叔父が教えてくれたが、この道は「水道みち」といって神戸までずっと続いているのだそうだ。

「淀川の水を分けて貰って、神戸まで送っているんです。この下を水道管が通ってるんです」

路地へ入ると、塀の内側から女の人の謡の声が聞えた。私たちが門の格子戸を開けたところへ洋服を着た年配の女の人が出て来た。切戸から庭へ入って座敷の方へ、

「お客さん」

と声をかけた。すると、叔母が妻の名を呼んで、上って頂戴といった。

叔父が現れて、ようお越し、こっちへどうぞといって奥の茶の間に通される。掘り炬燵があって、その上に三人分のお茶と和菓子の用意がしてある。テレビの上の花瓶には紫陽花が生けてあり、壁にはこの前来た時に頂いたのと同じ達磨さんの色紙が懸っている。挨拶を済ませると、叔父は、

「どうぞ足を入れて下さい。こんな狭いところで何ですけど」

早速、お茶を淹れてくれる。そのお茶がまたおいしい。座敷では稽古が続いている。

「もうすぐ会があるもんですから。ゆかた会、いうんです。暑い時分にあるので」

場所はどこですかと聞くと、

「そこの公民館です。向うに畳の部屋があります。そこを借りていつもやるんです。年に一回」

叔父は、お菓子、どうぞ上って下さいと勧めた。

「沢山教えてられるんですか」

「だんだん殖えてね、お稽古するお方が」

「そうですか」

「今日は雨降って少ないです。もう二、三人、帰られましたけど」

叔父さんは謡はなさいますかと聞くと、

「年のいかん時分に少し習いましたけど、音痴であきません。私は音痴でさっぱりです。何してもあかんのです、無器用で」

いいえ、そんなことありませんわ、この間、お茶会の時に頂いた色紙、部屋に置いて眺めていますのと妻がいうと、

「これを昨日、かいたんです。よかったら持って帰って貰おう思うて」

うしろから色紙を取り出して、見せてくれた。一枚は苞に入った鯛の浜焼、もう一枚は渋団扇である。

「どっちでもええ方、持って帰って下さい」

「この浜焼はどこの」

「それ、尾道の名物です。最近、行った時、買って帰って写生しといたんです、自分で」

渋団扇の方を見て、

「これはもう三年くらい前に写生したもんです。昨日、浜焼かいたついでにこれもかけえ思うて。おんなし絵具やから」

そばに虫が一匹、いる。それがなかなかいい。

「これは」

「鈴虫にしようか思うたんですけど、大きい方かけえ思うて、ばった、かいたんです」

「可愛いわ」

と妻がいった。

「両方持って帰って下さい。荷物になって悪いけど。もうちょっと濃い色にしたら、もうひとつようなるんですけど」

二つも頂いたら勿体ないですと私がいうと、叔父は、そんなことありません、お越しになったら思うてかいといたんですといってから、

「それ、判こ捺しときますわ。落款だけ。両方持って帰って下さい」

叔父は戸棚から硯を出して来て、墨をすり始めた。

「あの達磨さんは、見ていて飽きませんね。私のところへ来る若い人に見せましたら、感心していました。ユーモアがありますねといって」

「あれ岡山の叔父ちゃんが八八のお祝いにかいて持って行ったんです」

「難波の伯父の」

と妻がいった。

「はあ。それからこっちの親戚もかいてくれいうてかいたんが始まりです」

「そうですか」

「達磨は沢山かきましたわ。頼まれては、ちょいちょいかいて」

叔父は色紙の裏に年月と署名を入れた。ちょっと眼鏡のふちに手をかけて、一字一字、丁寧にかく。そこへ座敷から叔母が来て、私たちは挨拶を交した。

「これは果物、葡萄と桃とグレープフルーツです。これは新茶」

あとの方は家から鞄に入れて持って来たものらしい。

「まあまあ。そんな心配しなくていいのに」

と叔母。

「お茶があったら、果物買わなくてもよかったのに」

それから、電話でもちょっと話したけど、浜の方へ下って行ったところに、静かな、いいレストランがあるの、そこを予約してあるから行って頂戴、十一時から二時までサービス・ランチというのがあるの、それを取ればいいから、この前、会をそこでしたんだけど感じがよかったの、そこならゆっくり話が出来ると思うの、でもまだ少し早いからここにいて頂戴といい残して、座敷へ引返した。

娘さんの声で、

「知らぬというになお近づく」

といっている。何者が近づいて来るのか、さっぱり分らない。分らないけれども、向うの部屋で稽古事をしているのが、私たちの会話の間に聞えて来るのは悪くない。

叔父は落款を捺す。そこで私は、雅号の錦里というのはどういういわれがあるのですかと尋ねてみた。

「これねえ、大阪で私が生れたもんですから。大阪の四師団のことを御存知のように錦城師団いうたんですわ、昔は」

「いや、存じませんでした」

「錦城師団に召されたるいうて、小学校時分によう歌いました。それで、そこで生れたという、意味はただそれだけのことです」

錦の里というから、あちらを見てもこちらを見ても、紅葉ばかりという村里がどこかにあるのだろうと、おっとりした叔父の人柄から漠然とそんな想像をしていたのだが、違っていた。いま頃になって大阪城を「錦城」というと分ったのでは随分間延びがしている。

（後日、筑摩書房版・岡本良一編「大阪・江戸時代図誌3」を繰っていたら、「新版大坂名所

名物廻絵図」の、双六でいえば上りが「浪花錦城」で、城の向うから威勢よく朝日の昇るところが描かれているのに気が附いた)

「叔母さんから頂いたお葉書に書いてあったのですが」

と私はいった。

「靱の幼稚園の時のお友達がまだ四人ほどおられて、会をなさっているそうですね」

「はあ。月の第三土曜日に寄るんです」

毎月ですかというと、

「いまだにやっています。みな幹事に任せてあるんです」

えらいものですね、幼稚園の同級生の会というのは本当に珍しいですねと、私と妻が口を揃えていった。すると、叔父は、

「だんだんだんだん減ってしもうて、さみしなりました。三、四年前まではまだ仕事をしている人がいましたが、もうみんな止めてしまいました」

この前、神戸一中の同級生が芦屋附近に二十何人とかいて、毎月一回集まるが、だんだん減って来るので心細いですという話をした時と同じで、確かにさみしくなったには違いないのだが、深刻に響かない。からっとしている。

「はじめは二十二人、おりましたが、ぼつぼつ一人減り二人減りして、だんだんだんだん亡く

なりまして、いま四人になりました。宝塚におる加藤いうのなんか、中央市場に乾物の荷受け会社があるんですが、その会長を長いことしていました、社長やめてから。それが三、四年前にその会社を止めました」

「そうですか。でも随分長く仕事をしておられたわけですね」

「いちばん長いことやっていました、それが。止めたら暫く身体の具合がようなかったです、神経痛が出たりして。やっぱり止めたらいけませんわ。この頃、釣りをまた始めるようになって元気になりましたけど。釣りと囲碁が先生の趣味です」

それにしても叔父は血色がよくて元気そうだ。今年八十二になるとは到底思えない。貫禄ということからいえば八十でもちっともおかしくはないが、少なくとも十年以上は若く見える。六十代の後半といっても通るのではないだろうか。私がそういうと、

「もうあきません。物の忘れるのの早いこと早いこと。自分でようこんなに忘れるなと感心するくらい、よく忘れますわ。自分ながらおかしいほど」

「いや、こっちは前からそうです」

「人の名前を忘れるのが困るんです。最近会うたお方やったら、よけい忘れます。昔の人はそれほどでもないけど。この芦屋の老人会の役員していますと、ちょいちょい道で会うた方から挨拶されるんです。はて、どなたやったかいな。お名前を忘れてしもうて、体裁の悪いこと。

話しながら考えてるんです」

ほかにどんな方がおられるんですか、幼稚園会のお友達はと私が尋ねると、叔父は、一人は生田といって「ライオン靴墨」を経営していた、大阪におります、それからもう一人は春井といっていま高槻におりますけど、寒天の問屋をしていました、靱の乾物屋です、寒天専門の、それといまいった宝塚にいる加藤、私を入れてこの四人しか残っていませんといった。

「ちいさい幼稚園です。小学校の附属幼稚園です。靱の公園にあったんですけど、四、五年前に潰してしまいました。いまはもう無いんです」

「どうしてですか」

「だんだん人口が少なくなるし、家も少ないし、そういう関係上、ほかへ合併いうことになったんです」

「それはちょっと淋しいですね」

「まわりが公園ですし、家なんか建ちませんから。小学校の方はもっと早く閉鎖になりました」

この靱幼稚園は船場幼稚園とともにいちばん古いという。

「八十周年の時に招待されて行きました。私らより古い回の人は、二、三人、来ておられました。七、八人も行ったのは私らの回だけでした」

私が叔父さんは何回の卒業ですかと聞くと、

「さあ、何回やったか。忘れましたなあ、古い話やから」

それで笑ってしまったが、何だか悠々として頼もしい気がする。

「その八十周年の式の時も、こんな会、こしらえてるいうたら、みなびっくりしていました。小学校やったらともかく、幼稚園の会というのは珍しいいうて」

「ほんとにそうですね」

「いま四人になりました。終戦後、だんだん減って、一人減り二人減りして」

小学校の時、遠足なんかどういうところへ行かれたのですかと聞くと、叔父は私らの時分は無かったんですという。こちらは小学生に遠足は附きものと思い込んでいたら、そうではなかった。

「弁当持って行ったいうのは、日露戦争で出征する兵隊さんを送りに行った時だけです」

「日露戦争の時に」

「はあ。沢山兵隊さんが船に乗って出発したんです、築港から。それ一回あっただけです。弁当持って、紙の旗持って、私ら送りに行ったんです。私らの時分は、遠足も運動会も無いんです」

運動会も無いというので、またびっくりする。

「靱からずっと歩いて行きますと、本田通って境川通って」

「北久太郎町ノート」の内田さんが昭和九年の風水害の時に家族の安否を気づかいながら行った道である。市岡中学はありましたかと聞くと、

「ありました。あの横通って行くんです。あの時分、田圃の埋立てたのがどこまでも続いていました。行きがけは元気はよかったけど、帰りはしんどうて。花園橋の近くまで来たらしんどうなってしもうて。それ一回きりです。三年やったか、四年やったか」

少し考えて、

「四年生の時です。四年になった時くらいです。けど、嬉しいて嬉しいて行ったもんです。学校でこしらえた紙の旗持って、弁当肩から背負って行きました。その時分ですから、男の生徒も女の生徒も全部、着物です」

この前、土佐堀川で水練学校が開かれていたという話を叔父から聞いた。それは何年生の頃ですかと問うと、小学校へ入った当時ですという。

「私ら、よう見てました。いまの朝日新聞社の横手になるんです。川幅ももっと広かったんです。浅井水練学校、いいました」

私は朝日新聞社が水練学校を開いていたと思っていたが、そうではなかった。聞き間違いであった。

「みんなが泳いでいるのを見て、私ら、入りたいなあと思いました。水泳のためやのうて、ただ川へ入りたいんです。水に入りたいいうだけで」

「泳ぐのはまだ無理でしょうね」

「泳ぐいうとこまでいかんのですけど。しかし、川へ行ったら叱られるんです、危いいうて。分ったら親に叱られるのに行きたいんです」

「きれいだったでしょうね、水は」

「きれいでした。もろこや鮒がよう取れました。うちの親父が奉公している時分、西横堀川の水を汲んで来て、飲み水以外はみんなそれ使っていました。風呂なんかもその水です。明治二十六年にコレラが流行って、それから一遍に川の水を使うたらいかんいうことになったそうです。台所で使うのは井戸水ですけど」

「叔父さんの子供の頃はどうでしたか」

「私らの物心ついた時分はもう水道です。水道が出来たのが二十七、八年ごろと違いますか。うちの親父がよういうてました。お前ら楽やで、わしら苦労したいうて。冬の寒いのに水の中へ足つけて樽に水汲んで来る。天秤棒で樽二つ担いで来んならん。コレラ騒ぎで川の水が一切使用禁止いうことになった時はやれやれ思うたいうて、よう聞かされました」

鈴木さんのお父さんが伊勢の桑名から出て来て、靱の鰹節問屋に奉公したのは、十五、六の頃であった。十六代続いた刀鍛冶の家であったが、戊辰戦争の時、桑名へ乗り込んで来た官軍と戦ってお祖父さんもまだ少年であった長男も死に、末っ子で二歳のお父さんを背負ってお祖母さんが逃げたという話は、三月のお茶会の日、悦郎さんの家の応接室で順番が来るのを待っている間に伺った。

「ランプは使っていました。よう火屋の掃除をやらされました。電気になったのはいくつぐらいでしたか。それも夕景になると電気がつく。昼間は消えてる。つかしません、その時分の電気は。昔、そんなんやったです」

そこへ叔母が戻って来て、そろそろ行った方がいいわ、いい席が無くなるといけないからといった。

「それ、ちょっと紙に包んでんか」

叔母は、紙を出して、浜焼と渋団扇の絵を包みながら、

「とにかく、上手やないけど、一生懸命かくんです」

「この前頂いた達磨さん、部屋へ置いて眺めていますの」

妻がいうと、

「あれはね、主人が八十の時やから、八十枚かきなさいいうてかかせたの。私のアイデアで」

「ようけかきましたわ」

額に入れて壁に懸けてあるのは、その時にかいた一枚だそうだ。叔母から受け取った色紙の包みを妻は鞄の中へ仕舞った。私たちがどうも有難うございます、いい絵を頂いてというと、叔父は、

「邪魔になるくらいですけど」

といった。

門まで叔母に送られて出かけた。雨はまだ降っている。

両側に住宅が続いている。静かで、車も殆ど通らない。ここが阪大の何々さんのお宅ですと叔父が教えてくれる。文化勲章を貰われた方ですねというと、はあ、そうでしたという。その並びは、たとえ敷地がかなりのものであっても、どれも落着いた、好ましい感じの家が揃っていた。ひとところだけ、奥深い、何棟かに分れたマンションが建っていたが、もとは一軒の家であったというから、びっくりする。

ここで叔父は息子さんの名前を口にして、そのお友達の家でしたが、年寄りだけになったのでマンションへ移られたら、あとがこんなになったんですと説明してくれた。

国鉄の陸橋へかかる手前の四つ辻で、妻は、あそこが前におられたおうちですねと左手の先の方を指していった。はあ、そうです。ちょっと前まで行ってみたい気がしたが、止める。こ

の家のことは、妻から聞いていた。叔父はシェパードを二匹とテリヤを一匹、飼っていた。メリーというのがテリヤで、それは表の方にいる。シェパードのあ号とブレスは裏にいる。国鉄の線路に面した生垣には薔薇が植えてあった。古いけど開放的な家で、よかった。行ったのは叔母が結婚した時で、一回か二回くらい。間もなくいまのところに家を建てて移ったので、ほんの僅かな間でしたという。

陸橋を通る時、その家の裏が見えた。うしろの庭にゴルフの練習のための網が張ってある。

「広いんですね」

「いいえ、いまの家よか狭いんです。細長いんです。電車が喧しいもんですから」

それで引越したと叔父はいった。

「何年ぐらいおられましたか」

「七、八年、おりました」

いまの家に四十年というから、その七、八年前となると、昭和四、五年である。お店は靭にあったが、実際に暮すのは六甲の麓の方が長かった。わが町という気持になるのは当然のことだろう。

大きな国道へ出た。これは？　第二国道いうて大阪から下関まで続いてるんです。東京から大阪までが第一国道です。何にも知らない私たちに叔父が教えてくれる。車の往来のはげしいこの国道と直角に交叉する道が向うから来ている。これは幅が広い。

「あれが」

と叔父はそっちを指して、

「ずっと山まで延びることになってるんです。うちのあたりも削られるんですが、県の費用が無いので、いつになるか分らんのです」

国道を渡って、今度は左へ歩いて行く。

「叔父ちゃんによく連れて行って貰いましたね、山登りに」

と妻。

「はあ、よう行きましたな。ロック・ガーデン登って」

「摩耶山へも連れて行って頂いたの」

「そうでしたな」

「小学校の時分ですか」

「いや、女学校やなかったですか」

と叔父。

「女学校の時です。よく連れて行って頂いたの、姉なんかと一緒に」

「もうあんなロック・ガーデンなんか登れませんわ。今やったら、とてもあんなとこ行けませんなあ」

　間もなくその店に着いた。国道から少し浜寄りのビルの地下にある。叔母が話していた通り、奥行きのある、静かなレストランであった。ほかには女の客が一組いるだけ。壁際の席に案内される。叔父と私がうしろへ凭れるようになったソファへ、妻は反対側の椅子に坐る。予定通り、サービス・ランチを注文する。叔父は、十二時になったら出して下さいといい、黒服を着た給仕は、三人の前にあるコップに水を注いで引き下った。

　はじめに私は鰹節のことを尋ねた。この前、靫には海産物の問屋が集まっているが、それぞれ専門が決まっていて、海産物一般を扱うということは無いという話を叔父から聞いていた。

「あの時、鰹節が九州あたりから靫へ送られて来て、いったんここへ集まってからまた全国へ出て行くといわれたんですが、九州から来るのが多いんですか」

　すると、叔父は九州だけでなくて、全国から入って来ますという。

「東からも」

「はあ、東からも。石巻あたりまで行きました。石巻とか気仙沼。あの辺まで行きました。あの辺、秋、取れるんです。秋、行くんです。大体、私らの商売は店でじっとしてるということが少ない方なんです。取引先は決まっていても、一遍は買い出しに行くんです」

　ところが、鰹は回遊する魚なので、取れる場所も時期によって移って行く。春は九州の方から漁が始まる。それから四国沖へ来て、いま頃は四国から紀州沖がよく取れる。秋になったら三陸沖へ行く。九月下旬くらいになったら、もう取れなくなる。

「それで一応終りです。そんな具合でよう方々へ出かけました」

ひょっとすると、叔父が八十を越してもこれだけ丈夫なのは、長い間、鰹節の商売をしていたお蔭で、年中あっちこっちへ旅行していたためではないだろうか。また、まめでなければ、そんなふうに始終、出かけることも出来ない。

「戦前はサイパンとかトラックとかは、日本の統治権のあるところでしたから、魚でも取れました。半官半民の南洋興発いう会社が一手にあの辺の鰹を取って、鰹節を製造しておったんです。それが東京と大阪へ支店を作って、送って来ていました」

「それは秋から以後というわけですね」

「はあ。だから年中取れてたんです、戦前は」

現在では鮪船や鰹船が遠くまで行って取って来る。サイパン、トラック、テニアンあたりまで行って取ったのが、二、三月ごろから入って来る。船が大きくなったので、冷凍して持って帰ることが出来る。結局、戦前と同じように年中取れるようになった。

それから私は、朝鮮に工場を持っていたという話をこの前、伺いましたが、どうして向うに工場を作ったのですかと尋ねると、

「あれは中央市場が昭和六年に東京と大阪に出来て、われわればらばらにやってたのを一つになれといわれたのが始まりです」

と叔父はいった。

鰹節は鰹節でみんな一つの会社にしてしまう。海産物全部、そういうふうにせよといわれた。靱でも何百軒とあった問屋がみな中央市場へ入った。ところが、東京と大阪の鰹節問屋だけはどこまでもこれに反対した。最後には中央市場へ入らん限り商売はさせないということになった。

「それでどうなさったんですか」

「大阪では絶対、商売は出来ない。ところが尼崎ならいいわけです、兵庫県ですから。それで、われわれ残された十六、七軒で大阪鰹節株式会社というのを作ったんです、昭和八年に」

「尼崎なら構わないわけですね」

「これは中央市場の管轄外ですから。それで暫く商売を続けていたんですが、いつまでもこんな窮屈な思いをしていても仕方がない。官庁方面の干渉を受けるよりは一遍、海外へ視察に行って見ようというので出かけたんです」

済州島へは毎年、行っていた。だが、ほかはどこも知らなかった。京城の南大門の辻本商店は、これまで鰹節を貨車一車二車といって買ってくれる、いいお得意さんである。先方も年に

三、四遍は仕入れに大阪へ来る。うちと万（かねまん）でよく買ってくれる、うちは久（やまきゅう）という屋号であった。その辻本さんが、一遍来い来いと誘ってくれるのだが、なかなか行けなかった。

それで先ず京城へ行った。昭和八年の秋であった。辻本さんは大変歓待してくれた。

「せっかくここまで来たんやから、満洲へ行ってみたらどうか思うんです」

「それは是非、そうしなさい。いまがいちばんいい時だから。私も一回行きたいと思ってた」

辻本さんが勧めてくれたので、満洲へ足を伸ばすことにした。洗面具ひとつ持って、先ず最初に奉天へ行った。満鉄通運へ飛び込んで、実はこういう商売やけど、こっちへ来たのは初めてで得意も何も無い、固い店を紹介して貰えませんかといって頼んだら、丁寧に教えてくれた上、巻紙に紹介状を書いてくれた。

「通運はどなたか知っている方がおられたんですか」

「いいえ、誰もいません。通運やったらいろいろ知ってるやろうと思うたんです」

その紹介状を持って行った先が小杉洋行、ビールから味の素からすべてのものの満洲における総特約店である。話を聞いてみると、鰹節を埼玉県の熊谷の何とかいう店から買っているという。どうして埼玉のような山の中から鰹節が来るのだろう。不思議に思って見せて貰ったら、サイパンの、よくいえば二流、三流のもの、はっきりいえば出しも取れない、からからのふしである。

「出しも何も出えしまへん。それを薩摩の一等ふしやいうて買うてる。薩摩いうのは枕崎の鰹節です。あの台風のよう来るところです」

それでいくらで買ってるか聞いてみたら、十貫目七十円、これ安いでしょうという。せっかくええふしや思うて買ってるのに、悪いともいえず、困ってしまって、

「私とこならこれと同じふしなら三十五円で売らして貰います」

そういったら、びっくりした。それでも五円儲かる。三十五円というたものの、高ういうなと思って、

「もうちょっと張り込んで四十円出してくれたら、飛切り上等のを送ります」

「それでは二個分、送って下さい」

二個分というのは十貫目入り二つのこと。大阪へ帰るなり、すぐに見本を小杉洋行宛に送った。向うは非常に喜んで、それから沢山注文してくれるようになった。いい得意先が出来た。

奉天から新京へ行った。そこでも通運の支店長がどこへ行きなさいといって教えてくれた。何軒も行くのは嫌、固いところを世話して貰ったら一軒でいい。そういって、よそへは行かなかった。その方が向うも力が入るし、こちらも力が入る。

「親父がそうでした。得意先は固いところ一軒持ったらええのやから、二軒も三軒も取引きす

るなとよくいわれました」

こんなふうにして満鉄通運で行く先、行く先、しっかりとした店を紹介してくれた。それに行った時期がよかった。満洲事変が終ったあとで、まだ商売人が入っていなかった。その時分は汽車に乗っても兵隊がいて、銃剣附きで護衛してくれた。牡丹江は危いから止めなさいといわれて、ハルビンから引返して大連へ向い、そこから船で神戸へ帰った。

その前に京城の辻本商店から三中井百貨店へ紹介して貰った。うちは三越へ入れてるから三中井さんへ行きなさいといわれて、辻本さんの紹介状を持って行った。そこで買ってくれることになったが、京城が本店で、支店が方々にある。そこを全部まわりなさいといわれて、その明くる月からずっとまわった。

こうして満洲にも朝鮮にも取引先が出来たので、毎月、出かけるようになる。

「向うの人は鰹節は食べるんですか」

「いや、食べません」

「日本人だけでしょうね」

「そうです。人が少ない割によう売れましたわ。びっくりしましたわ」

そこへ給仕が来て、料理をお運びしても宜しいですかと尋ねた。私たちは食事を始めることにした。サービス・ランチの内容については叔母から聞いていたが、これが決してお手軽なものではない。スープと肉料理、サラダ、パン、デザートにチーズ・ケーキとコーヒーが附く。叔母のいったのと違っていたのは、アイスクリームの代りにケーキが出た点だけであった。

叔父の話は続けられた。

「私は桑名の水谷という人と心安うしていました。父の代からのつき合いです。私より大分年が上の方で、もう亡くなられましたが」

この水谷さんが大倉商事に関係していた。ある日、遊びに行ったら、大倉商事へ行ったらどうや、あそこはいろんなものを扱ってるからと勧めてくれた。それで行ったところが、

「鈴木さん、海産物やってるのやったら、こういうもの扱うたらどうですか」

と注文してくれたのは、鯣とか海鼠の干したのとか干し海老、鳥貝の干したものとか椎茸なんかである。海鼠の干したのは錦子といって、干し海老とともに支那料理に使う。明くる月、いろいろ集めて持って行ったら、また注文をくれた。

大倉商事が関東軍に納めるものの中に焼き麩があった。それも注文してくれたが、大きな船に二はい集めてくれという。とにかく仰山な注文でびっくりした。天満に乾商店といって麩の問屋がある。そこへ行って話したら、

「引受けさせて下さい。そんな有難い注文無い」

という。これが大阪の麩屋を全部召集して、なんぼでも構わん、集めてくれといった。麩と

いうのは東京では全然出来ない。大阪しか出来ない。しかし、集めるといっても数が知れている。とても大きな船二はい分にはならない。これから製造するというのだが、原料がまわらない。大倉商事へ行って、実はみんな張り切って、なんぼでも作りますといっているけど、原料がまわらないので困ったと話すと、早速、関東軍の方から軍へ納める品だという証明を送ってくれた。

それから天神橋の下で夏の暑い最中にずうっと毎日毎日、関東軍送りの麩の荷作りをした。いまの中之島の公園になっているあたりから剣先の方へかけてずっと空地だった。ここで荷造りしたのを艀《はしけ》何隻にも積んで、ポンポン船で神戸まで引張って行った。こちらは監督に行く。何しろ嵩が大きい。向うまで行くのに潰れたらいけないので箱へ入れる。中身の麩より箱の方が重い。

「何にこんなに使いますねん」

といって聞いたら、大倉商事の人は、

「秘密です」

「いうて下さい」

「誰にもいったらいけない。この麩は軍馬に食わせるそうです」

金魚が食べるものを馬が食べるわけがない。それは嘘で、本当は兵隊に食わしていた。味噌汁に入れるのだろう。よほど沢山の兵隊が行っていたに違いない。そのうち、伊予で一手に引受けてくれるところが見つかったので、そこへ注文した。いま削り節では日本で一、二の店だが、これが全力を注いでやってくれた。

水谷さんに勧められて大倉商事へ行ったのが、はじめて朝鮮、満洲へ渡ったその翌年であった。中央市場へ入れというのに反対したがために大阪で商売が出来なくなり、一時は身動きが取れなかったのが、運が向いて来た。

大連に店を出したのは十二年の二月。毎月、得意先をまわるために行ったり来たりするのがえらい。支店があれば、そこで四、五日ゆっくりして来られるので助かる。また、中国人のお客さんが殖えて来たので、何かと都合がいい。大連は無税港であったから、上海、天津あたりから買いに来る。遠くはハルビンからも来る。

天津の周茂商店の主人が、天津へ来い、天津へ来いという。行ったところが、取引はうち一軒にしてくれといって、海産物を沢山買ってくれた。鰑なんかよく買ってくれた。自分より二十四、五、年が上であったが、信用してくれた。

「大連はええとこでしたわ」

「そうですか」

「桜はあるし。大連はええとこでしたわ。支那語も大分覚えました」

向うで商業学校を出た者を傭う。それが日本語も出来るので、自然とこちらも支那語を覚えるようになる。またお客さんが来ると、中国人の料理屋へ行って、食べながら商談をする。安いし、おいしい。そうするうちにだんだん言葉も覚える。最初は筆談から始めたのだが。

大連へ支店を出した頃、大倉商事から、

「鈴木さん、関東軍、あんたに譲るから、あんたの方で直接やって下さい」

といわれた。原料が少なくなって来たので、朝鮮へ工場を作った。関東軍に納めるための鰹節専門の工場で、ほかへ売れない。すると、今度は海軍からもいって来た。京城の武官府から二、三人で視察に来た。関東軍との間で話し合いがついて、それからは海軍の指定工場になった。

「大したものですね」

「旅行でも何でも楽でした。どこへ行ったたって切符買えるんです。一般の人には手に入り難くなった時でも」

「そうでしょうね」

「面白いほど儲けさせて貰いました。その代り、戦争済んだらぺしゃんこです」

ほかにいろいろ商売をしていた頃の話を叔父は聞かしてくれたのだが、それを報告するのはまたの日にしよう。

帰りは芦屋川の堤の、桜並木の下を三人で傘をさしたまま歩いた。きれいな水が流れている。途中で小さな滝になったところがある。水の量は多くない。

「山から流れて来るのですか」

「そうです。山の水やからきれいです」

草が生えていて、その中を二手に分れて流れているところもあった。叔父は、いま広島にいる妻の姉が、夏休みに泊りがけで来ていた時、毎日、よくこの道を歩いて浜まで泳ぎに行ったといった。よほど熱心であったのだろう。感心したように、毎日、毎日と二度も繰返した。妻も一緒に行ったのだが、泳げないので浜で姉の泳ぐのを見ていたという。

それは叔父にとっても古き、よき時代の思い出のひとつであったのかも知れない。芦屋川の駅まで来た時、上の方は雨で煙った六甲の、その続きを指して、

「摩耶山が向うに見えるんですけど」

と叔父はいった。

八

七月に入って間もなく芦屋の叔父から次のような手紙を受け取った。

今日は梅雨の晴間とでも申しましょうか、大変暑い日となりました。先日は折角お越し下さいましたのに丁度家内も一番忙しい日のこととて何のお愛想も出来ませず失礼致しました。又その際は種々と結構なお品を頂戴致しまして申訳ありません。定めてお二人ともお疲れの御事でしたろうと思います。扨て昔の大阪について以下の事どもちょっと思い出しましたので参考にもなれば幸甚です。

それは明治三十六年、大阪に第五回内国勧業博覧会が開催されました折のことです。会場は現天王寺公園敷地、動物園から美術館へかけてのあたりでした。当時市内の交通として人力車ばかりの時代に土佐堀川、東横堀川、道頓堀、西横堀川と巡りて巡航船が出来、京町橋と本町橋、新町橋、四ツ橋、湊町、道頓堀という風にいずれも人出の多い橋の下に停船場が設けられたので、市中の人々は驚きやら喜びやらで珍しさの余り乗るワ乗るワ大変繁昌したものです。

それが為に陸上の車屋さんは淋れるというので西区の新町橋で暴動を起し、警察と人力車の間で乱闘騒ぎ、怪我人が出るやら一大ニュースとなった様な始末、これも水の都の一挿話かと思います。当博覧会には明治大帝の御臨御があり、私は小学校の三年位だったと思いますが、いまだに明治大帝の面影を偲ぶ事もあります。御道順は大阪駅より南へ西横堀筋を、新町橋を東へ、心斎橋筋を南へ、難波より日本橋筋を南へと進まれたと記憶しています。

なお夏の夕べなど御霊神社を中心とした夜店は、平野町の通りを東は堺筋から西は京町堀まで続く大阪一の賑いで、一と六のつく日に出るので一六の夜店ともいわれました。西横堀の京町橋あたりでは床机に赤の毛氈を敷いて氷水やかき氷を紅提灯の下で食べたりして風流そのものでした。こんな場景も大正の末頃には最早や見られなくなってしまいました。また川水が美しいので染物屋さん等が十数カ所に高さ二十米もある櫓を組んで（乾燥のため）高い所から吹き流していましたが、これも一幅の画の様でした。

附記。博覧会の入場券は私ら子供は五銭でした。友達と一緒に一、二度見物に行きましたが、友達も私も十銭宛より貰っていませんので靭より難波、日本橋筋、博覧会場と住復歩いたものです。

博覧会の翌年、日露戦争が始まりました。

大変つまらないことを書きましてお読み難い事とは存じましたがお許し下さい。なお暑さに向いますから皆様お身体お大切に遊ばす様呉々もお祈り申上げます。又いつにても御下阪の節はお立寄り下さいませ。

別に「巡航船略図」として、船首と船尾の両方に大阪市のみおつくしの旗を立てて川を進むところを真横から見た画が添えられている。客室の真中辺に出入口がある。うしろには舵に両手をかけている船長の姿もかき入れてあって、雰囲気を出している。巧みなスケッチである。それにしても七十年あまり前に見た巡航船をよく覚えていてくれたものだ。

叔父の手紙より一日早く、悦郎さんの養女となった加代さんから、可愛い画入りの封筒で手紙が届いたので、それも紹介しておきたい。

うっとうしい梅雨空が続きますが、お元気ですか。先日は、素敵なハンカチを頂き、どうもありがとうございました。

私は、中学校生活にも慣れ、今は、宿題とクラブに励んでいます。学期末テストも、もう目の前までできています。友達もたくさんでき、いつも楽しい毎日を過しています。

機会があれば又、芦屋にもお越し下さい。父や母からもよろしくとのことです。では、お体を大切に。さようなら。


丁寧に一字一字、書かれているのに私も妻も感心した。この前、中之島のホテルで悦郎さんに会った時、妻がことづけたハンカチのお礼であるが、自分の近況を報告することも忘れず、なかなか行き届いた手紙である。末尾には日付のあとにローマ字でKAYO SAKATAと書かれてあるのも英語を習い始めた中学生らしくて、気持がいい。

嬉しいので私は折返し葉書を出し、三月のお茶会の時には何べんもお酒をついで頂き有難うございます、お蔭で大変おいしく、また楽しく御馳走になりましたと、少々、間延びのしたお礼を申し述べたのであった。

昔の大阪の空気を知りたくて、妻の従弟の悦郎さんに大方三十年ぶりに会いに行ったのが、お披露目のめでたいお茶会の開かれる前の月であった。来てくれはるんやったら案内を差上げますといわれて私も妻も大喜びしたものだが、あの時、大阪へ行かなかったら、律義な家風を早くも身につけて健気にも見えるこの手紙を受け取ることは無かっただろう。

七月の半ば近く、ふたたび芦屋の叔父から手紙が届いた。梅雨明けもいよいよ間近でまた暑い暑いという季節になりましたが、貴方様には益々お元気の様子にて誠に喜ばしき御事に存じますと、いつもながら物固い人柄を思わせる書出しに続いて、

「昨夜、また昔を一寸思い出したので一筆。有名な料理屋さんは風流に各川岸に建っていたこと、今の御堂筋が出来るまでの淀屋橋は、南詰に有名な淀屋辰五郎以来のキセルや煙草入などを売る大きな商店が残っていたこと等、あれやこれや大阪の変遷を夢のごとく思い浮べながら床に就いた様な始末でした」

と書かれていた。

こういう文面を読むと、何だかこちらまで遠い昔を振り返るような心地がして来る。そういえば浮田高太さんの「笑はれ草紙」にも淀屋橋の煙草入を売る店のことが出ていた筈だと、近頃は机のそばから片時も離せぬ和綴じの本を開いてみると、すぐに見つかった。

大阪は昔から同業者集合するの風殊に著し。互に軒を競ひ甍を争ひ寄つて以て愈々大を成す。然れども世態の変遷に伴ひ、或は集合し或は離散す。此四五拾年間に於て消滅せるものを挙ぐれば、解船町の船大工、阿波座の大工左官、堀江の藍玉屋、川口辺の船宿船具商、下

寺町の植木屋ほくち火打石屋、安土町の神輿、御堂筋の絵馬屋、提燈行燈屋、淀屋橋の煙草入屋、四ツ橋の煙管屋、八百町の小禽屋、坐摩前の古着屋等なり。

ついでにこの前、鈴木の叔父から聞かせて貰った昔の大阪の話で追加すべきものを三、四、挙げておきたい。

干魚の造り物。

靫には住吉神社がある。住吉さんの末社である。そのお祭りは大体、七月三十一日、八月一日の二日。この時は賑やかなもので、各町会ごとに人形を作る。羽衣の天女が舞っているところとか梅川忠兵衛、その時その時、出し物は変るけれども、これが全部干物でこしらえてある。海産物の問屋さんが集まっている町ならではの見物である。

人形の身体の部分を鯣とすると、髪はとろろ昆布、着物の模様は鳥貝、干し海老、鮑の干したの、飛魚の干したのなんかでする。袴の縞のところはさよりの干したのを使うといったふうで、あらゆる海産物が材料になる。このために名古屋から菊人形を作る人が手伝いに来てくれる。

「向うの町内に負けたらいかん。少々、金要ってもええのを作ろう」

というので、名古屋からわざわざ呼ぶ。その間、家に泊める。顔でもいいのを作ろうと思ったら経費が高くつく。はじめに竹細工をこしらえて、そこへ干物をひとつひとつ針金で括りつけて行く。本職だけあって上手にする。大きな人形だから、見栄えがする。三十一日の晩は夜通し見物に来る人で靫の町角はいっぱいになる。

西横堀川の瀬戸物町のお祭りは二十三、二十四日の二日間で、そっちの方が先にある。これも町内ごとに趣向をこらした瀬戸物の人形が呼び物で、人が大勢集まる。店も出す。靫は人形を見て貰うだけで、売出しはしない。向うは売る。

「またよう売れるんですわ」

ここでちょっと脚註を入れることを許して頂きたい。前にも引用した「大阪百年」（毎日新聞社）の一章「瀬戸物町」には、古き良き時代の瀬戸物市の場景が描かれている。それによると、夕涼みがてらの造り物見物に堪能した人々は、出し店の前に足をとめて食器類をあさる。こうした家族連れで賑わうのは十二時前まで、入れ替って現れるのは近くの堀江、新町の芸者衆である。午前三時すぎともなると客足はやや遠のくが、空が白みかけると、朝の早い船場のお家はん、御寮はんが乳母車を引いて丁稚をお供にやって来る。そうして飯茶碗を始めとして一年中の食器を一遍に纏めて買って行くという。

接待。

田舎からお得意の人が来たら、新町へ行って、芸者を揚げて料理を取って散財するのが決まりになっていた。東京でも名古屋でもちょっと余計買って貰う人は必ずそうやってもてなした。酒が飲めないので、酒の好きな番頭を連れて行って、それに相手をさせる。向うがあまり召し上らない人だったら二人だけで行く。

案内するのは紀の本屋といって新町一のお茶屋。お客さんを連れて行って一流の芸者を呼んで、三時間ぐらいゆっくり面白うに遊んで、十円くらい。安いものだった。月に四、五回行くことも多かった、若い時分、三十時分には。このお茶屋は普請でも立派なものだった。二階に座敷があったら、その下は響くので全然使わない。そういう建て方をしている、宗右衛門町の、焼ける前の大和屋へは一回だけ行ったことがある。靭の海産物問屋の息子で養子に行ったのがいて、友達五、六人と一緒に呼んでくれたのだが、この人は早く亡くなった。幼稚園も一緒、小学校も一緒の友達であった。

こちらが東京へ行った時は、お得意さんによく連れて行って貰った。鰹節の店は日本橋辺にあるので、行く先はたいがい柳橋と決まっていた。

役者の披露目。

東京から歌舞伎の役者が来ると、必ず船の中から披露目の挨拶をする。東横堀川の上大和橋あたりから乗って道頓堀をずっと下る。下るというのは西へ行くわけ。そうすると宗右衛門町には大きなお茶屋さんが並んでいる。芸者置屋もある。みんな紅提燈を吊して歓迎する。

「私ら子供の時分、よく見に行ったもんです。親父に連れて行って貰いました」

船が通るのは昼過ぎから夕方へかけて、道頓堀橋とか相合橋の上から見物する。役者は道頓堀で上って、晩は必ずお茶屋でご贔屓が呼んだものであった。そうすると役者からは自分の定紋の入った手拭いのひとつくらいくれる。

船行き。

靱の盆休みは、船行きといって一晩みんなで中之島の先の大川へ遊びに行く。主人も番頭も小僧も行く。どこの家でもそうする。鰹節はお中元に使われるので、盆前は無茶苦茶に忙しい。だから、それを済ましたら行くことにしていた。うちの船宿は京町橋にある。いまのガスビルを西へ行ったところで、そこから船に乗り込む。船宿の男衆がちゃんと附いて酒の世話から全部してくれる。たいがい船は一ぱいで行った。店員は全部で七、八人であったから。

料理はうな丼から鯉のあらいなど河魚料理だが、みんな淀屋橋の柴藤とかそういう料理屋から持って来たのを積んで行く。船には提燈を吊して紅白の幕を張ってある。

「その晩は上下の隔てなしです。いいたいことというて無礼講です」

中には豪勢な家があって、芸者を乗せて三味線をひきながら繰り出して来る船によく出会う。

船場はそういうことはしない。立売堀とか靱、江戸堀、京町堀の方はみなしていた。

「船場の方はしまつやから金を使わない。私らはこれは昔からの仕来りやからこういうことせないかんもんやと思うてたからしていました」

盆休みというものが無いので、店の者は非常に喜んだ。中之島のあたりもいまは埋立てて狭くなったが、前は広かった。この「船行き」は昭和へかかる頃まで続いていたが、やがて不況の世の中で歌舞音曲が中止ということになって止めになった。当時、東京から哥沢のお師匠さんが月に一回ずつ来て、習っていたが、それもこんな時世やから止めないかんと思って、止めにした。

秋が深まったら大阪へ行って、もう一回だけ悦郎さんと芦屋の叔父夫婦に会いたい、また時間があれば中之島から坂田の家のあった高麗橋のあたり、それに船場とはゆかりの深い御霊神社、坐摩神社へお参りできたら嬉しいと私は考えていたが、幸い望みが叶えられた。

秋のお茶会のシーズンを迎えて悦郎さんは、日誌の予定を書き入れる欄が真黒に埋まっているという忙しさであった。迂闊なことにこちらは一年中、変りが無いものと思っていた。なるほどこれから冬に向うこの時期がお茶にはいちばんいいのかも知れない。

そこへ十一月の二日から三日間、美術倶楽部で同門会（というのは表千家の家元に入門している人たちの会だが）の茶会と道具の展観がある。悦郎さんはこの準備一切の、いわば責任者の立場にあるので、大変らしい。そんなに多忙とあっては残念ながら諦めるよりほか仕方が無い、これまでいろいろ話を聞かせてくれたのだからと、妻と話していた。ところが、十月三十一日の午後は会場のことで大工さんと打合せをしなくてはいけないが、それが終ってからなら身体が空くと知らせてくれた。

多分、五時過ぎになると思うが、それで宜しかったらという。こちらは会えさえすれば、有難い。どれだけ忙しいものか、実情を聞かせて頂くだけでも意義がある。それに梅雨の大阪の、三人で連れ立って食事をしに行ったお初天神の一夜を最後に、悦郎さんが私たちの前から姿を消してしまうのは何としても淋しい。

一方、鈴木の叔父も十月いっぱいは非常に忙しかったらしい。月半ばに頂いた葉書の末尾に赤のボールペンで仕切りをして、

「今月御下阪サレマス様デシタラ今月ハ老人会ノ運動会ヤラ画ノ展覧会ナド行事ガ大変多ク、左ノ日ヨリ空イタ日ガアリマセンノデ一寸御通知申上ゲマス。洵ニ勝手ナコトヲ申上ゲテ済ミマセン」

と（ここだけ片仮名になっている）、以下、空いている日を書き抜いてくれてあった。電話で都合を伺うと、三十一日は夕方から会があって出かけるが、一日は一日閑だからいつでもお越し下さいという返事である。これで着いたその日に大阪で悦郎さんと会い、明くる日の午前中に芦屋の叔父夫婦を訪ねるという、望み通りの段取りになった。

当日の午後、私たちは中之島のホテルに入ると（今度は八階の、やはり堂島川に面した部屋であった）、すぐに支度をして、最新大阪市街図を手に外へ出た。悦郎さんには葉書を出して、市内のあちこちを歩いてみるつもりですが、多分、早目に四時半ごろにはホテルへ戻って連絡をお待ちしますと知らせてある。

時計を見ると、ちょうど二時。どのくらいまわれるか分らないが、時間が無くなりそうだったら、そこからタクシーに乗って引返せばいい。街が手頃な大きさだから、こういう時は都合がいい。妻はブラウスとスカート、それに鞄の中へ入れて来た底の平たい靴に履き替えて、いくらでも歩くつもりでいる。

何しろ暑い日であった。家を出る時から天気はよかったのだが、まさかこんなに気温が高くなるとは思わなかった。新幹線の中から大方は稲刈りの終った田の、畔の近くで籾殻を焼く煙が上る景色が見られたのに、こちらへ来てみると、ビルの上の空に大きな入道雲が湧いている。

「上着なしで行かれたら」

と妻はいったが、どこでどういうことになるか分らないから、着て行くことにする。先ず振り出しは大江橋。ここで日本銀行の正面玄関の、石の柱の上に彫刻の飾りが附いているのをちょっと眺める。三月のお茶会に出かける日の朝も、ここを通りかかった。

「あれはローマかな」

「そうかも知れませんね」

われわれが生れない前からある建物だが、いままで一度もこんなふうに立ち止ってつくづくと眺めたことは無かった。もう少しよく見えるようにと玄関の方へ寄ろうとして、警備の人がこちらを向いたまま動こうとしないのに気が附いた。ホテルを引き払ったばかりだから、二人とも鞄をさげている。その中にひょっとして危険な爆発物を隠していないとも限らないと、疑ったのだろうか。だが、それにしては老け過ぎている男女である。おまけにどうやら古めかしい石の柱を感心した様子で見上げている。先ず心配は無いと見て取ったらしく、入口の方へ引返した。

今度は荷物なしの手ぶらだから、大丈夫だろう。次にお向いの市役所の、これも昔のままの厚みのある建物に目をやる。嘗て悦郎さんを脅かしたみおつくしの鐘はどうなっただろう。この前、尋ねたら、

「ありますやろ、いまでも」

といっていたが。

緑青のドームのある屋上を探したら、ある、ある。塔の中にちゃんと吊されているのが、柱の陰から見える。それも緑青が出て貫禄が附いている。下に拡声機の装置がある。大江橋の袂に立った私たちから正面、つまり西を向いたのと、堂島川の方、つまり北を向いたのと二つ、

見える。ということは東西南北に向けて取り附けてあるわけだろう。

なるほどこれだけ念入りにしてあれば、よく聞えた筈だ。十時のみおつくしの鐘までは寝ようとしないお祖父さんがいるので、友達に誘われて夜遊びしていても気が気でなかったという悦郎さんに対して、今更ながら同情しないわけにゆかない。

次は信号を東へ渡る。市役所の横を通って、右に折れると、府立中之島図書館の正画玄関の前へ出る。入口の戸が閉まっている。学生が三、四人、前の石段にのんびりと腰をおろして英語の本を開いたりしている。うっかりして休館日と知らずに来たのだろう。掲示板を見ると、休館日は毎日曜日と月末となっている。

こんな立派な建物とは知らなかった。幸い小さなメモ帳を上着のポケットに入れて来たので、道に立って写生を試みる。大阪に三十年あまり住んでいながら、これまでただの一度もこの図書館へ入ったことが無いというのは恥しい。いかに南の外れの「住吉村」の葱畑のほとりでとんぼ取りに夢中になって大きくなった子であるにしても、具合が悪い。

妻は、一回だけ来たことがありますという。一回きりでも全くこの石段を上ったことの無い人間にくらべればましといわねばならない。それにしても、悦郎さんと会う時間が夕方になったばかりに、こうして初めてこの建物を見られたのは、考えようではひとつの幸運であっただろう。正面玄関の屋根のあたりを写生したのだが、不思議なもので、これでいくらかでも罪滅しをしたような安らぎを覚えた。

「どうも失礼いたしました」

と、一礼こそしなかったが、それに近い心持で図書館の前を立ち去る。

次は赤煉瓦の中央公会堂。「笑はれ草紙」によれば、

「岩本栄之助氏百万円の巨費を投じて公会堂を建設した。百万円を寄附せしは蓋し全国に於て岩本氏を以て嚆矢とす」

とある。「大阪百年」には、欧州大戦のさなか、ピストル自殺によって義俠の相場師と謳われたその半生に終止符を打った岩本栄之助氏について「相場師一代」の一章を設けて故人を偲んでいる。ところで、この岩本栄之助さんとわれわれとはかすかな糸によって繋っている。私の妻の小学校、女学校を通じての同級生に伊藤さんという方がいる。東京へ移られたのが私たちとほぼ同じ時期であったせいもあって、ずっと親しくしている。

今年の二月、私たちが悦郎さんに会いに大阪へ出かける日が決まった頃、たまたまクラス会のことで伊藤さんから妻に電話がかかった。こういう訳で昔、高麗橋で茶道具屋をしていた伯父の話を聞きに大阪へ行きますといったところ、伊藤さんの家は本町の伊藤万の一族であり、お母さんの方は立売堀で古くから大きな質屋をしていた家で、とにかくみんな大阪とかかわりが深い、中央公会堂を寄附した岩本栄之助さんもうちの親戚筋に当るという話を伊藤さんがし

た。その時、大戦による相場の変動のためにあんなことになったけれども、

「もう一月半辛抱してはったら、死にはらんでもよかったんよ」

といった。

あとで私は妻から聞いたのだが、身内の人でなくては聞けない親身な言葉である。一度、伊藤さんにお目にかかっていろいろ一族のお話を聞かせて頂けると有難いと思ったが、それきりになってしまった。

今度は中之島の中央公会堂のあたりを歩きたいので、出発前に伊藤さんに電話をかけて岩本栄之助さんとはいったいどういう間柄になるのか尋ねてみた。

「うちの親戚に伊藤伸次郎というのがいるんです。御影のおじといっているんですけど」

と伊藤さんはいった。

その「おじ」は伯の方ですか叔の方ですかと聞くと、さあ、伯の方じゃないかと思いますけど、それがちょっとややこしいんです、うちはというので、「御影のおじ」でいいことにさせて貰った。この人の奥さんの姉か妹か、どっちかが片附いた先が岩本なんですという。

「そうすると、栄之助さんの奥さんになるわけですか」

「はあ、そうなんです。五、六年前まで生きておられたんです、その方が」

昔の話と思っていたが、奥さんが最近までおられたと聞くと、俄かに身近な人に思えて来る。

栄之助さんが北浜の株屋街に近い今橋二丁目の自宅の、離れの茶室で命を絶ったのは、三十九歳の年の十月下旬の宵であった。まだ若かったわけである。その日は、四十数名の店員を慰労の松茸狩りに出したというのだが、今生での奉公人への最後のはなむけであったのだろう。

「娘さんに養子を取られたんですけど、その方がまた相場に手を出して失敗したんです。その養子さんは亡くなったんですけど」

栄之助さんが自殺した時は、親戚中で家にあった道具類を買い取らせて貰って、生活を支えた。（うちにも古い道具で「岩本」と書いた紙が貼ってあるのがありますと伊藤さんはいった）ところが、養子が相場に手を出したために疎遠になってしまった。時がたった。

何かの折に昔、中央公会堂を寄附して貰った時の事情をよく知っている市役所の人が、栄之助さんの奥さんが非常に困っているという話を聞いた。あれだけの公会堂を建てて貰った方がそんなになっているのに知らずにいたとは迂闊だったというので、大阪市から終身年金を送ることになった。それがずっと続いていた。

大体、以上のような話をしてくれたが、伊藤さんはそのあとすぐに阪急沿線の花屋敷にいる御主人のお母さんに電話をかけてもっと詳しく聞いた上で、私に報告してくれた。それによると、「御影のおじ」の伊藤伸次郎さんは、御主人のお祖母さんの弟に当るそうである。その伸次郎さんの奥さんのお姉さんのおてるさんという方が栄之助さんへかたづいた。大阪市から相当な年金が送られるようになってからは（税も免除されたという）、御本人は大変朗らかにしていた。親戚に絵かきさんがいる。新制作に属している伊藤継郎という方だが、おてるさんはそのアトリエへ油絵を習いに通った。芦屋の山手にあるので、坂道を登らなくてはならないのだが一向に苦にしない。稽古に来ているほかのお嬢さんが、

「あんなおばあさんになりたいわ」

というくらいであった。

年金が出るまでが大変だったらしいが、そんなふうに大阪市から暖い援助の手が差延べられてからは、余生をお稽古ごとに励んで楽しく過した。亡くなるまでお元気で、ぽっくり死なれた。一方、お嬢さんの善子さんもこのあと市の方で勤務するようになった。これも大阪市が恩義ある岩本家へのお礼心である。大体、以上のようなことを伊藤さんは伝えてくれた。

「大阪百年」によると、中央公会堂の地鎮祭が行われたのが大正二年、落成したのは大正七年十一月。完成を見ない前の、大正五年の秋に栄之助さんは死んだわけである。私たちは公会堂の堂島川に面した側を通りながら、入口の扉の痛んだ個所を板で塞いであるのを見て、

「もう使ってないようだな」

「そうですね」

といったのだが、表へまわってみると、扉の横に何々講演会と書いた貼り紙がしてあった。

だが、それも心なしか淋しげに見えた。私たちの年代の者には渡辺橋にあった朝日会館の方が馴染は深かったが、大阪の文化のためにこの中央公会堂が果した役割というものは随分大きかったに違いない。岩本栄之助さんと夫人おてるさんに感謝を捧げ、その冥福を祈りつつ、私たちは公会堂の南側へ歩みを移した。

「笑はれ草紙」に名前が出ている梅檀木橋を見たいと思って、地図でその位置を確かめて来たのだが、間違いなくある。淀屋橋のひとつ上流になる。もう一つ先へ行くと難波橋、その次が天神橋である。橋は新しい、風情のないものになっているが、橋の手前のコンクリートの柱に名前入りの銅板が嵌め込まれている。これだけが昔を偲ばせてくれる。北浜に向って右が「梅檀木橋」、左が「せんだんのきはし」。橋の南詰に梅檀の木が生えていたのは、浮田高太さんが志を抱いて岡山から出て来た明治十九年より以前のことである。

これから私たちは土佐堀川を渡って、北浜の、活気に溢れた街並へ入って行き、地図を片手になおも「市内遊覧」を続けたが、その仔細は省略することにしよう。ただ、心覚えのために以下、三、四の印象を書きとめておく。

美術倶楽部。

これまで悦郎さんの話の中に始終出て来た今橋の大阪美術倶楽部は、もとの鴻池邸であるが、どんな構えなのか、ちょっと見ておきたかった。ところが、どこをどう曲ってと考えないで歩いていたら、いつの間にかその前に来ていた。瓦葺きの屋根といい、門といい、板塀といい、いかにもどっしりしている。右側の表札は「大阪美術倶楽部」、左側の表札は「大阪美術商協同組合」と書かれている。かりくりからこの格子戸が附いているが、それがくぐり戸か何かのように小さく見える。「笑はれ草紙」を読むと、昔、田舎から大阪見物に来た連中を宿屋のものも引が名所案内をするのに、先ずお城、次に天王寺と住吉へ参り、道頓堀の芝居を見せたあと、天満の天神様からこの鴻池のお屋敷を見せたと書いてある。私もよく見物しておこう。栴檀木橋まで来た時、脱いでしまった上着を妻に渡して、道路の斜め向いからメモ帳にスケッチをする。途中で紋付の羽織を着た、小柄なおばあさんがやって来て、格子戸を開けると、中へ消えた。お茶の先生かも知れない。

三越の筋向いにある古いビル。

女学校の頃、習字の先生のところへ行った帰りに蜜豆を食べに寄った、品のいい喫茶店のあるビルのことを前に妻が話していた。その建物はもとのまま残っている。ただし、喫茶店のあった一階はバンコック銀行その他の会社が入っている。上等な建築のビルらしい。

「これは完全にもとのままやわ」

と妻がいう。

その喫茶店には入口が二つ、附いていた。向う（三越寄り）から入ってこちら（今橋寄り）

から出た。近くに勤めている男の人がよくコーヒーを飲んでいた。

高麗橋二丁目。

坂田の家のあとは、新しい、あまり高くないビルになっている。通りに面した一階の右側は貴金属店、左側は洋服屋、地階は画廊。もっとも、あたりの様子がすっかり変っているので、妻は、

「多分、ここだと思うけど、違っているかも知れない」

という。別に突きとめる必要はないわけだから、それでも構わない。夜遊びから帰った若き日の悦郎さんが観音扉の僅かな隙間から苦心して身体を滑り込ませたのはこのあたりかと思えば気が済む。裏へまわってみたら、こっちは、大きな「高麗橋野村ビルディング」である。

習字の先生の家は、坂田の前を通り過ぎて少し行った左手にあった。小さな格子戸があって、それを開けると石畳の露地が奥へ続いている。ちょっと苔なんか生えていて、横はよその家の板塀である。それが終ったところから先生の家になる。勝手口が先に出て来て、次が玄関。玄関を入ると土間で、左手に待合室にしている畳の部屋、その奥が先生の部屋で、まだその先に庭が見える。

そういう家であったが、ここもビルになってしまって、いったいどこにあの細い露地が通っていたのやら見当がつかないと妻はいう。

浪花教会英学院。

思いがけないところに戦災を免れた、古びた、趣のある建物がある。江戸堀にある大阪教会は、ロンドンの市中にいるのではないかと目を疑うような、立派な煉瓦造りの教会であるが（去年の十二月に所用で大阪へ来た折、たまたま同行の友人に案内して貰って、そんなところに由緒のあるキリスト教の教会があるのを初めて知ったのであった）、多分、伏見町のあたりを通り過ぎる時に見かけたこれは遙かにささやかな建物で、うっかりすると気が附かないところであった。証券会社が幅を利かせているこの界隈にこうして目立たず、ひっそりと残っているのが床しい。「浪花」という名前が附いているからには私も無関心であってはいけない気がする。おそらく大阪におけるキリスト教会の発達の歴史に何らかの役割を果したものの跡に違いない。

御霊神社。

境内では近所の男の子がこれから野球をしようとしている。小学校の三年生くらい。ヘルメットの子もいるが、みな阪神タイガースの帽子をかぶっている。太った子が人数を勘定する。女の子が二人、ほかのことをして遊んでいる。

「七人か。女のライラ、だれや」

代打といったのだろう。お前やれやと名指しされた細い子も、

「ぼく、女のライラか」

といった。

太った子は、いちばん小さい子に向って、

「あんた、フリー・バッティングでもしとき。おれ、走る練習でもするわ」

といい、そのあたりを一塁、二塁、ノー・アウトといいながら、ゆっくりとまわる。

女の子は鳥居の方へ駆け出して行く。一人が転んだが、すぐに起き上る。太った子が呼び返そうとする。だが、そのままどこかへ行ってしまった。

「おれ、四時に帰らんといかんのやで」

と太った子。おれ、五時やという子、おれ、病院へ行くという子。

「ちょっと待て。女軍、どこ行った」

なかなか野球は始まりそうにない。拝殿の前の「御霊神社」と彫った石の柱を見ると、大正四年十一月上旬建之とある。お守りを買いに行った妻が戻って来て、

「禰宜さんが二人、背広を着た人とジャンパーを着たおじいさんを相手に結婚式の打合せをしていました」

という。

坐摩神社。

西横堀川のもとの岸辺には銘木店という看板の店が目立つ。私たちは坐摩神社の近くまで来ていながら、地図にある場所が分らない。道路の角の材木屋さんの前では親父さんが板の彫物に仕上げをしている。仕事中で悪いと思ったが、道を聞くと、

「坐摩はんだっか。その橋の下に見えてますやろ」

指さしてくれた方を振り向くと、川を埋立てたあとに出来た高架の自動車道路の下から神社らしい木立の茂みが見える。礼をいって歩き出す。なるほど、坐摩はんであるのかと妻と二人でしきりに感心する。高架の下は船場公設市場になっていて、そこを通り抜けるとすぐ前だ。入ったところが陶器神社。(これは次の日、芦屋の叔父に聞くと、はじめは信濃橋のあたりにあったのがここへ遷されたのだそうだ。もとのお社は気を附けなければ見逃すくらいの極く小さいものであったらしい) 両側に青い模様の瀬戸物の燈籠が立っている。これを先ず拝んで(われわれはもう五十何年も日に日に茶碗で御飯を頂いていることを思い出す)、坐摩神社へまわる。

おばあさんが拝殿の前の石段に腰かけて、男の子の赤ん坊の守りをしている。あちらでは木の下で落葉かきをしている小母さんが一人。妻は楠の青い透きとおった実をひとつ頂いて帰る。

本町から地下鉄に乗って、ひとつ先の肥後橋でおり、ホテルへ戻ったのが四時二十分ごろ。

さすがに少しくたびれた。フロントで鍵を受け取った妻は、

「これから伺います。坂田。四時十五分」

という紙切れを一緒に渡される。

この日もこれまでのように私たちは八階の部屋で一緒に紅茶を飲み、暫く話をしたあとで、妻は退場する。悦郎さんは大分疲れているように見えた。

一昨日、京都へ行って、昨日、千里へ行って、今日は大工と打合せをする予定であったところ、急に豊中へ行かないといけなくなった。それで、大工さんの打合せは昨日、電話で済ませたという。今度の美術倶楽部での催しは、茶会と展観と二つに分れる。その展観のために方々から道具を集めなくてはいけない。

「ひとりで行かれるんですか」

「人を連れて行く時と私ひとりで行く時と両方あります。それが済んだら、また返しに行かんならん」

「くたびれますでしょう、気骨の折れる仕事だから」

「もうくたびれて、くたびれて。眠とうて仕様おまへん」

無茶苦茶に忙しい、空いている日が一日も無い、日誌は真黒けですと電話で悦郎さんはいっていたが、聞きしにまさる忙しさである。

「五十越したらもう年です。無理なことは出来まへんな。二十代ならぱあっと飲んで寝たら、それで何ともなかったけど、この頃は明くる日に残りますからな」

「借りた道具はさげて帰るんですか」

「それはさげんでもよろしい。お客さんがみな車を持ってはるから。行く時は電車ですけど、帰りはそこの美術品を持ってはる家が、みな自家用車で送ってくれます」

それにしても一日仕事だろう。借用証は書くんですかと聞くと、

「それはちゃんと借用証書というのがあります」

「悦郎さんの名前で」

「いえ、家元の名前で、判こ捺したんがおます。まあいうたら、私は高等小使です」

すべて手弁当の仕事である。それにしてもこれだけ責任のある仕事を任せられているということは、悦郎さん自身の商売の上に必ず先でプラスになるのではないだろうか。私がそういうと、悦郎さんは少し間を置いてから答えた。

「プラスになるかマイナスになるかは結果論であって、それは私が死んでから出て来ることです。また結果を考えてたら、この仕事は出来まへん。この役を引受けたら商売がようなるやろいうようなことを考えてたら、この仕事は出来まへん」

全くその通りだろう。

「しかし、えらい仕事ですね」

「へえ。そこらにごろごろ転がってるような道具やないから、やはり蒐集家の名器といわれるものを預って来るんやから、信用が無かったら駄目。なんぼ家元からの使いやいうても、私に信用が無かったら誰も貸しまへん」

借りて帰った道具は、然るべきところに厳重に保管してある。盗難に会ったら最後だから、その対策はちゃんと講じている。そこまで話した時、悦郎さんは、

「あ、ちょっと電話、貸しとくなはれ。忘れてることが一つあった」

「どうぞ」

さっき妻が戸棚に吊しておいた上着を取りに行くと、

「用事中にえらい済みまへん」

手帖を見ながら電話のダイヤルをまわす。

「もしもし、松原さんでっか。坂田ですがね、帰ってはりまっか」

向うは留守であったらしい。そんならまた後で電話しまっさといって切った。上着をもとの戸棚へ仕舞ってから、ふたたび窓際の椅子に戻った。

私は、今度、悦郎さんと会うのは夕方、多分、五時過ぎになるだろうというので、これまでのようにゆっくりと話は聞けないが、それで結構、会ってみて実際どのくらい忙しい毎日であ

るか、それが分りさえすれば満足だと思っていた。せっかく繰合せて来てくれたのだから、妻を退出させて二人でこうして向い合っているが、もうこれだけ話して貰ったら十分である。

最初にこのホテルで会った時、悦郎さんから小さい時分、身体が弱くて病気ばかりしていた話を聞いたのを思い出す。肺炎を起して死にかかったこともあった。お祖父さんと親しかった「白雪」の小西新右衛門さんが、うちに借家があるから、そこへ住ませなさいといって、北区の真砂町から郊外の伊丹へ移った。新右衛門さんは親切な人で、小学一年くらいから間があったら悦郎さんを自分の道場へ引張り出して、剣道の稽古をつけてくれた。これで丈夫になった。中学へ入ってからもずっと剣道を続けた。

「お蔭で少々のことではへこたれまへん」

といった悦郎さんが、これだけ疲れた顔をして椅子の背に深く凭れているのを見れば、忙しさの中身というものが想像がつくような気がする。

私は、今日は早目にホテルへ着いたので、妻と二人で中之島から今橋、高麗橋、それから南へ下って、御堂筋を越え（四列になった銀杏の並木は緑のままのやほんの少し色づきかけたのや全部黄葉したのやまちまちであった）、御霊神社と坐摩神社へお参りした。暑いので上着を手に持って汗を拭き拭き歩いて、悦郎さんから電話がかかったすぐあとへ戻ったんですと話した。すると、悦郎さんは、

「天神さんへ行って来はったら、よろしおましたのに」

といった。

「この間うちからお迎え人形が出てます、天神祭の」

「どうしてですか」

天神祭はとっくに済んでいるのにと聞くと、今年は千七十五年祭とかで、それでお迎え人形が出ているという。

「こないだからずっと出てます。私が行ったんは二十八日の日か」

「そうですか。天神さんへも一回、お参りに行かないといけないと家内と話してるんですけど。大阪に生れながらまだ一度もお参りしたこと無いんです」

「そら、いけまへんな。菅原道真はんいうたらあんさんの仕事に関係の深いお方ですやろ。お賽銭上げてよう拝んどかんといけまへん」

そのあと、美術商の鑑札には家へ置く分と持ち歩く行商鑑札と二通りあり、うちにあるのはお祖父さんが商売を始めた時のだから明治ですやろ、葉書二枚くらいの大きさで金で出来ている、看板と一緒です、行商鑑札は身分証明書のようなもの、例えば車に乗っていて警察の検問に会った時なんかこれを見せるとさっと通してくれる、あんた何してなはんねん、何々してますだけではちょっと本署まで来て下さいといわれる、そのためのもんですというような話をしているうちに六時になり、打合せてあった通り妻が戻った。

九

その晩、私たちはホテルの二階の和食の店でゆっくりと寛いで食事をした。

二月に最初に三人で会った時、ここへ案内する心づもりでいたところ、悦郎さんは亡くなったお祖父さんのいいつけを守って鰻を食べないことが分ったので、地下のグリルにした。だが、今度は同門会の茶会と展観の準備のために悦郎さんは多忙を極めていて、身体がいくつあっても足りないという状態である。よほどくたびれているように見える。いまから外へ出るとなるとまた時間もかかるし、それより少しでも早く席について落着いて貰った方がいいのではないか。二階のその店にしても鰻以外に何でも一通りの料理は出来る。三月、雛のお茶会に招かれて来た折、入ってみたが、帝塚山の兄のいった通り、給仕の女の人は礼儀正しく、細かによく気

を附けてくれるし、なかなかいい店である。そこにしてはどうですかと聞くと、悦郎さんは、

「よろしおまっせ、どこでも」

という。

これで決まったのだが、実際、そうしてよかった。はじめにビールで乾盃すると、すぐに酒を持って来て貰う。前菜の次に吸物の入った大ぶりの椀が出、盛合せの刺身の皿も運ばれ、テーブルの上を銚子が行きつ戻りつするようになると、悦郎さんはすっかり元気を取り戻して、次から次へと話の跡切れる間が無かった。

例えば、悦郎さんは朝は御飯ですかパンですかと妻が尋ねると、言下に御飯と答え、御飯食べんと昼まで腹が持ちまへんという。それではお味噌汁？　へえ、三百六十五日、味噌汁は欠かしまへん。その味噌も「ひさとみ」で使っているのを買う。この頃は混ぜもんが多いが、あの店の味噌は実際に豆を潰してこさえてあるという話からあそこのおかみは未年ですと続く。

「知ってなはるやろけど、未女は門にも立たすなといいます。未女と丙午の女は嫁にしたらいかん。そやけど、水商売で成功するのはみな未年の女」

自分は女の人に向って年を聞かない、聞いたら失礼になる、その代り干支を聞く。これで分るといい、

「あんさん、何どしだす」

酉ですと答えると、

「ばたばた働きはる方ですな」

すると、そばから妻が、とっくにこちらの年は承知している自分の従弟に向って、

「私は丑ですの」

といった。悦郎さんは、

「私の家内は午。自分でいうのも何ですけど、うちの家内は苦労してます」

この頃の人はやればば抜きのカー附きのという。それがうちはばばどころではない。ばばの上にばばばばがいて、まだ小姑が二人、それも一人はこぶ附きと来ている。おまけにそのばばが夫婦ならまだいいが片方だけ。高麗橋にいた時分は、家内は毎朝、六時起き。前にもいったようにお祖父さんとお祖母さんがお風呂に行ったあと、布団を畳んで片附けて、あと掃除をする。姉と妹は勤めがあるから弁当を持ってぱあっと出てしまう。

「姉に子がおますやろ」

学校へ行かないといけない。子供の弁当を作って持たせる。帰る頃になったら表に立って見ている。子供のことだから黙って友達の家へ寄ったりする。ちょっといって行けばいいのにいわない。

「それを家内が外で立って見てますねん」

帰りが遅いと、三越へ買物へ行くといって、その振りして迎えに行く。姉の子は三越の北にある集英小学校へ行っていた。

「子供は、小母ちゃん何してんねん、ほっといてと、こうですねん」

夜、帰ったら家内が涙こぼしていう時もあった。こんなことがありましたと寝床の中で話す。嬉しいいうては泣き、悲しいいうては泣きしていた。その姉の子が今年、三十になる。いまになって当時の家内の立場というものが分るようになった。おばちゃん、あの時はこうやったんやなということがある。

「今頃分っても仕様おまへん」

それからふと窓の外を見て、この川、ジェーン台風の時に溢れて、この下もみな浸かりましたといった。

お得意さんはどんな物が欲しいといって来られるのですかと妻が聞く。

「両方だす。売りと買いと」

と悦郎さん。

「買いの時だったら、お金を持って行かれるんですか、小切手ですか」

「全部現金。小切手は使いまへん」

「沢山持って行かれますの」

「いや、そんなようけ持ってません。行く前に、先ず何ぼ要りまんねんと聞きます」

商売に酒は附きものだが、酔うわけにゆかない。殺して飲む酒というのはよくない。酔っていましたからという言訳は一切通らない世界だから已むを得ない。

お祖母さんの渋団扇。

お祖母さんは午前と午後の二回、お祖父さんにお茶を点てて上げた。お祖父さんが風呂に入ったら、あとから自分も入って、背中を流して上げる。

「昔、こんな大きな団扇、おましてん」

と悦郎さんは手をひろげてみせる。

「渋団扇いいます。知ってはりまっか」

柄が太い。あれはこうやったら畳の上に立つ。夏になったらその重たいのでお祖父さんを煽いでいる。扇風機なんか無かった。

「われわれがせんならんけど、うちの家庭は大姑、小姑、みな一緒にいてたから、家内はそこまで出来まへんねん」

お祖母さんは死ぬまでお祖父さんの世話をするために身を粉にして働いた。昔の女性は皆、そうであった。お祖父さんの三回忌の明くる日に寝ついた。

「それまで気張ってたんだすやろな。それからちょっとおつむがおかしなって来ましてん。やれやれと思うたんでっしゃろ」

こんな家で看病も十分出来ないので病院へ入れたが、二月で亡くなった。

「ああ、今日、お墓見てもろたらよろしおましたな」

父の写真。

「私、実はこの夏に古い写真を整理してましてん」

そしたら、父が早稲田へ行っていた時の写真が出て来た。子供がそれを見て、

「お父ちゃん。この人、誰」

角帽かぶって、詰襟の服を着ている。

「これはな、お祖父ちゃんや」

お祖父ちゃんとびっくりしたようにいうから、あの茶室の前に懸っている写真のお祖父ちゃんやない、そのお祖父ちゃんの子供やというと、

「この人、男前やね。こんなお祖父ちゃん、いたはったん」

写真を見て、こっちの顔を見て、また写真を見て（悦郎さんはその通りやってみせた）、

「お父ちゃんに似てへんね」

といった。

妻の話では、悦郎さんがまだ物心のつかないうちに亡くなったお父さんは、写真で見ると、

色白の優男といってもいい顔だちをしていたらしい。しかし、加代さんがもしそういうふうにいったとすれば、初めてその面影に接した自分の「お祖父ちゃん」に対して親愛の気持を現わしたのだろう。悦郎さんが見劣りするという意味では決してなかったと思いたい。

「こないだ、私の父の五十回忌を勤めました」

「いつですか」

「去年」

どんなふうにしたのですかと聞くと、寺へ行って拝んで、親戚を呼んで、そのあと阪急へ行って皆に食べて貰ったという。

「何を食べたんですか」

「洋食だす」

お父さん、何月に亡くなったんですか。

「さあ、二十五日。何月やったか、家へ帰って仏壇見たら分る。位牌に書いてある」

そこで妻が、お仏壇があってよろしいね、加代ちゃんがお花の水を替えてから学校へ行かれるそうですねというと、

「私は何もいえしまへん」

それでも朝、起きたら花の水を替えている。お燈明あげて手を合わせて、それから学校へ行

く。

「朝でも、私がたまに前の晩遅なって」

たまにですかと私も妻も笑ってしまった。

「待ちなはれ。午前さまのこともおますけど、いつもそんなに遅なるわけやない。それでは身体が続きまへん」

まだ寝ているところへ入って来て、お父ちゃん、行って来ます。それが目覚時計である。

(ここで悦郎さんは起き上がる恰好をした)

「ああ、お早うお帰り、いいますねん」

そうですか。僕はまた、お早うお帰りというのは、主人が出て行く時に奥さんや番頭さん、小僧さんがいうものと思っていましたというと、悦郎さんは、いや、そんなことおまへん、誰にでもいいます。出て行く時は、店の者でも同じこと、あ、お早うお帰り、あ、お早うお帰り、しょっちゅういっているといった。

「それから私が帰って来ますやろ」

まだ起きて勉強している時は、二階から降りて来て、お父ちゃん、お帰りという。風呂に入る時も必ず、お父ちゃん、入りはったんと聞く。

「私はもう入らへん。お入り」

というと、お先にという。

偉いわと妻がいい、私が、そんなよく出来たお嬢さんは鉦や太鼓で津々浦々を探しても見つからないというと、

「大阪では鉦や太鼓とはいいまへん」

「何というんですか」

「金の草鞋はいても、といいます。さすが商売人の都ですな」

十年先と昨日の日曜日。

「奥さんは月曜日はお茶を教えに行かれると聞きましたが、先生をなさっているのですか」

「私はそれ、させまへん」

あれは親しい友達のところへ行っているだけ。よく道具屋さんで奥さんに看板を取らして、稽古に来るお弟子さんに道具を売りつける人がいる。奥さんがあれをするといやらしい。趣味で釜を掛けているのはいい。うちでも客があると家内がお茶を点てて出す。しかし、商売目当で一切看板はかけさせない。

「その代り、私が死んだらしなはれいうてます」

「死んだらなんてそんな気の早いことといわないで」

と妻。

「いや、五十過ぎたら用心せなあきまへんで」

それから加代ちゃんの結婚式には私たちも呼んで下さいという話になる。亡くなったお祖父さんが先代のおかみと親しかった、北浜の料理屋はどうだろう。春のお茶会の時に頂いた料理がとてもおいしかったからと口々に勝手なことをいい出すと、

「その時は盛大にやりまっせ。家屋敷売って女房質に入れても」

「いや、そんなにまでしなくても結構です」

「そやけど、あんさん、まだ十年先だっせ」

「僕ら、十年くらいだったら生きていると思いますけど」

「私が生きてますやろか」

と悦郎さん。それから、

「昨日、嬉しいことがおましてん。それが昨日は日曜でしたやろ。うちの子が声楽部へ入ってますねん。歌う方だす」

芦屋に大阪中之島のフェスティバル・ホールのようなものがある。そこで合唱のコンクールがあって出場する。何時やと聞くと、十二時という。御飯を食べて十二時に集合しないといけない。

「おかしなことしますなあ。御飯いうたら昼は十二時過ぎに決まってますやろ」

前の晩に、明日、日曜やから九時まで寝てていいと聞く。それで朝御飯と昼御飯を一緒に食べるという。

「そんなことしたらおなか空くやないか」

「いいの。私、お抹茶一服、飲んで行くわ」

（ここで悦郎さんは文楽の人形のように首をちょっと振って加代さんの声を出した）

それを聞いて家内は涙をこぼしていた。こちらも胸が熱くなった、茶人になって来たなあと思って。

酢の物ほか。

悦郎さんは途中で給仕の女の人に、何か酢のもん無いかと聞く。

「お酢のもの、附きますけど」

間もなく白魚と胡瓜の酢の物が来る。こちらの定食には酢の物は入っていないので別に注文したのだが、胡瓜のざくざく（若布入り）であった。妻は、

「これ、ざくざくですから取替えますわ」

といって、自分のと取替えた。「ざくざく」が悦郎さんの好物だということは、この前、「ひさとみ」で会食をした時に分ったので。

蕪と小芋とがんもどきの焚合せの小鉢が出ると、御飯をお持ちしてもよろしいかと給仕が聞

き、塗りの椀に入った御飯、赤出しの椀、漬物が運ばれた。悦郎さんは御飯の蓋を開けてみて、

「あ、これ半分に減らしてんか。こんなてんこ盛り、食べられへん」

給仕の女の人はいわれた通りにする。

かますの塩焼のまるく巻いたのが二切、悦郎さんの皿の上に載っていた。

「もうおなか一杯だす。食べはりまっか」

自分の箸を逆さにして片方を挟んで、既に蒲焼を食べ終った私の大皿の上に置いた。おいしいかますであった。

「お酒ももう沢山」

といい、それ以上は飲まない。こちらはもう一本、頼む。

九州旅行。

「私ね、何十年ぶりかでこの夏、嫁はん孝行しましてん」

何をしたんですと聞くと、

「三泊四日」

「え?」

「九州一周」

よかったですねと妻がいう。

家内と子供を連れて築港から船で行った。なんで行ったかというと、学校の友達が大分サファリへ行ったとか、やれ船でどこへ行ったとか、やれ飛行機に乗ったとかいって話をする。自分もいつか行ってみたいという。それで行くことにした。

「行くからにはみみっちいことはしない。すべてハイクラス。大阪桟橋から別府航路一等」

まあ、いいわねと妻がいうと、頷いて、

「船で別府へ上りまして、大分から長崎までハイヤー。タクシーと違いまっせ、ハイヤー」

それも関西汽船の社長にいって、お宅のガイド附きハイヤーまわせと頼んでおいた。

「船上ったら、もう来てまんねん、ちゃんと」

「大したもんですね」

と私。

「その代り、運転手も旅館へ泊めんならん」

ここで妻が、大分サファリって何ですのと聞くと、

「あれ、知りはれしまへんか。おましたやろ、アフリカの、ほら、映画で」

「ああ、あのサファリですか」

「どのくらいの大きさか知ってなはるか。甲子園球場が八つ、すっぽり入りますねん」

そこを見物して阿蘇へ行った。ちょうど噴火していた。外輪だけ見て、あそこで馬に乗った。

昔、兵隊で乗ったことを思い出した。阿蘇で一泊。

「どこへ泊りましたの」

と妻。

「名前なんか忘れましたがな」

熊本へ出て水前寺公園へ行って、天草。天草五橋を突っ走った。それから長崎へ。グラバー邸から原子爆弾の落ちたあと、全部まわった。そこで泊って、翌日、長崎から飛行機でぱっと帰った。船で一泊、阿蘇で一泊、長崎で一泊、その間、全部自家用のハイヤー。普通なら相当な費用になるところだが、関西汽船の社長を知っているので、半分くらいで済んだ。大分サファリへ一回連れて行ってね、飛行機に一回乗せてね、船に一回乗ってみたいわ（と指を一本ずつ折りながら）学校を出るまでにといっていたのを、一遍にしてしまった。

「飛行機で帰って、この辺まで戻ると」

と悦郎さんは手を肩の高さに上げた。

「夜で、明りがビーズ玉みたいにいっぱい見えます。それをこうやって見てますねん」

窓から覗き込む振りをしてみせて、

「そいで、お父ちゃん、有難う、いいますねん」

そうですか、本当にそれはよかったですねと私たちはいった。加代ちゃんはなかなか頼もし

いところがある、きっといい跡取りになるでしょうというと、悦郎さんは、

「先はどうなるか分りまへん。けど、これからの時代は親がこうせえ、ああせえいうわけにはいきまへん。こっちがやって見せて、こんなもんやと分って貰うより仕様おまへん」

といった。


明くる日も夏のような天気になった。

朝食を済ましたあと、ロビイで妻が芦屋へ電話をかけると、叔母が出た。これからお邪魔します、お鮨はどうですか、お昼、お鮨でも取って頂いたらと思いますけどというと、今日は高砂の穴子があるから、お茶漬でも食べて貰おうと思っているのといった。高砂の穴子と聞いただけで嬉しくなるが、お手数をかけるのは悪いからと妻がいうと、

「何いってるの。ただ、一緒に食べて貰うだけよ。その代り、何にも持って来るんじゃないのよ。今日は二人とも一日空いていますからね、ゆっくりして頂戴」

と叔母はいった。

阪急で大阪鮨でも買って行こうか、それとも向うにおいしいお鮨屋さんがあれば取って貰った方がいいかも知れないと私たちは話していたのであった。

部屋へ戻って、出かける支度をしながら堂島川を見下す。すると、

「此の世の名残り。夜も名残」

という浄瑠璃の言葉が出て来る。この前、雨の降る中を悦郎さんにお初天神の行きつけの店へ案内して貰ったのはいいが、拝殿の前で手も合せずに素通りしたのがあとあとまで気にかかり、その埋合せのつもりもあって、これまで本を読んだことも舞台をみたことも無かった「曽根崎心中」の、徳兵衛おはつ道行の始まりのところを暗誦した。といっても、

「あれ数ふれば暁の。七つの時が六つ鳴りて残る一つが今生の。鐘の響きの聞きをさめ。寂滅為楽と響くなり」

あたりまでで精いっぱい、あとが続かない。どうせのことなら、

「二人が中に降る涙河の水嵩も増さるべし」

まで行けば切りもいいのに、そうならない。で、あっさりと諦めてしまった。

その代り、というのもおかしいが、遅まきながらお初さんにも徳兵衛さんにもやっとこれで馴染になれたのは嬉しい。そこへ徳兵衛さんは内本町の醬油屋平野屋の手代と聞けば、何やら他人のような気がしない。内本町というのは、悦郎さんがお祖父さんから教わった歌でいえば、

「北々と今は高麗、伏見、道修。平、淡路。瓦、備後に安土、本町」

の本町から堺筋を東へ渡ったところである。坂田の家があった高麗橋からいくらも離れていないし、浮田商店のあった北久太郎町一丁目からは目と鼻の先といってもいい。主人の甥とは

いいながら、いったん奉公したからにはよそから入った丁稚なみに骨身惜まず働いて来た徳兵衛さんだろうと思うにつけても、その身の不運が気の毒でならない。

田舎の客に連れられて大阪三十三所の観音巡りをしたお初が、生玉さんの出茶屋で休んでいるところへ徳兵衛が通りかかる。丁稚の長蔵に生醤油を荷わせて得意先をまわる途中だが、茶屋から呼ぶお初の声に気附いて、

コレ長蔵。俺は跡から往《い》の程に。そちは寺町の久本《くほん》寺様長久寺様。上町から屋敷がた廻ってさうして内へ往にや。徳兵衛もはや戻るといや。それ忘れずとも安土町の紺屋へ寄つて銭取りやや。道頓堀へ寄りやんなやと。影見ゆる迄見送り〳〵。

というような場面が、とりわけ身に染みるのは、大番頭の生島さんのあとについて荷物を背負って歩く悦郎さん、あるいは自転車が引繰り返りそうになるほど重い「印刷もの」を積んで、提燈の明りひとつを頼りに田舎道を急ぐ善吉さんの姿と重なり合うからではないだろうか。

「此の世の名残。夜も名残」

それは、二月以来このホテルに泊る度に窓際に立って眺めた堂島川への挨拶でもあるのだろう。もうこれきり来ないわけではない。御縁があればまたお目にかかりましょう、ひと先ずこ

れにてという心持で退出する。

私たちはいつもの通り、鞄をさげて大江橋へ出た。昨日、その前を通った府立図書館、中央公会堂が、川岸の金茶色に黄葉した並木の向うに見える。鳩が飛ぶ。緑青の小さなドームが図書館の屋根越しにいくつも覗いている。あれは岩本栄之助さんの中央公会堂のドームだろうと暫く立ち止ったまま二人で眺める。切りが無いので歩き出したが、梅田の方へと橋を渡り切ったところでまた立ち止った。石の欄干の上に三つ並んだ、古風な電燈。いつからこんな物があったのだろう。この橋が出来た時からに決まっているが、いままで注意をして見たことは無かった。

「夜になったら、つくんですか」

「それはつくんだろう」

私たちのそばを勤め先へ向う人たちが、さほど急ぐ様子も見せずに通り過ぎて行く。

芦屋の叔父の家へ着くと、門の前に打水がしてある。格子戸を開けて、ごめん下さいと声をかける。叔父が出て来て、

「さあ、どうぞどうぞ」

といい、奥からは叔母の、さあ、上ってという声がした。硝子戸をあけ放した縁側で先ず叔

父と挨拶をする。こっちの方がお楽ですやろといわれて、籐椅子に叔父と向い合せに腰をかけた。そこへ台所で昼の支度に取りかかっていたらしい叔母が、エプロンのまま現れた。

「今日は何も無いけどお昼を一緒に上って頂こうと思って。その方がゆっくりして貰えるから」

　妻が手伝いますからというと、それは任せておいて、その代り何もせんのよといい、昆布茶だけ置いてすぐに引込んだ。妻は土産物のお茶とグレープフルーツと和菓子の箱を持って叔母のあとについて行く。

「お忙しかったんですね、この間うち」

「はあ。十月はほんとに往生しました。いろんな仕事が次から次へとあって」

「そうですか」

「ようこんなに用事があるなあ思うくらい」

　叔父は続けて咳をした。お風邪ですかと聞くと、いいえ、雨が降らんもんですから、ずっとという。

「雨が降らんと、私、どもなりません。いつも水を枕もとに置いとくんです、夜も」

「咳が出ますか」

「ええ、ちょいちょいと。私、冬、嫌いなんです」

それからこの間、尼崎で展覧会があったという話になった。それに出品した鉛筆の風景画が壁に懸っている。それを見せて貰いに行くついでに私たちは座敷へ移った。

「こういう趣味の会があります。毎年一回、開かれます。みな画の好きなお方が出すんです、品評会に。もう五、六月ごろからかいておられます」

「熱心なものですね」

「はあ。私ら、五、六日前にぱっぱっとかいて出したんですけど。みんな丁寧にかいておられます。三百点から出ました」

「やっぱりお年寄の方ばかりですか、会員は」

「はあ。一人で何点も出される方が多いです。私はこれ一点だけですけど」

どこでおかきになったのですかと聞くと、京都の伏見だという。

「あの辺は酒の名どころですから。あそこの倉庫を写生したんです」

「酒蔵ですか」

「はあ。伏見の酒蔵です。いまだにこんな蔵が残ってるんです。明治時代の建物でしょうな。こっちの方に塀があって、向うが蔵で」

「いつ頃、行かれたんですか」

「これは六月ごろです。かきかけたんは八月です。九月にちょっとかいたんです」

うしろに山が見える。左手に大きな木。塀の下は石垣になっている。いい画ですねというと、叔父は、

「やっぱり絵具塗った方がきれいですわ。来年は身体が元気やったら、五、六月からかこう思ってるんです」

といった。

「これと俳画展がありました。昨日、やっと持って来ました」

「どこであったんですか」

「西宮です」

「結構ですね」

「いや、ぶっ細工なもんですけど」

奥へ取りに行きながら、

「この前、持って帰って頂いた渋団扇、あれ、出したんです」

叔父は額に入った渋団扇の画を茶簞笥の上に立てかけた。

「こうして額に入れたら、またちょっとよく見えるんです」

六月に来た時に頂いたものと全く同じ構図であるが、あれよりも色がいくらか濃い目であった。ばったの大きさも少し違うように思える。

「手本が無いので忘れてしもうて。大体おんなしようにかいてあるんです。おんなしのかけえ思うて。ここの老人会の展覧会もありますし、三カ所へ出さんならんので」

額縁のまわりの紙の色は何ですかと聞くと、

「縁は紺です。紺ですわ」

と叔父はいった。

「いいですね、なかなか」

「やっぱり額に入れると引立ちます」

今度は奥から軸を二つ出して来て、先ずひとつを床の間の手前の長押へ掛けた。萩の画の横に書かれた俳句を読んでくれる。

「虫絶えてまた一灯の宮居なる」

「はあ」

「先だって西宮で大会があったんです、あそこの公民館で。毎年、春と秋の二回、あります。虫いう題で出しまして、特選頂いた句です」

もう一つの軸をその横へ並べて掛けようとしているところへ妻が菓子の箱を持って戻って来た。こっちはお堂の画である。叔父は妻の名前を呼んで、

「これ、吉野の蔵王堂、かいたんです。静御前が舞を舞うたところです」

吉野山颪のまに〳〵花の鐘。

「これ、対にして出したんです、展覧会に」

「老人会の」

「はあ。芦屋だけやないんです。宝塚、伊丹、尼崎なんかも入るんです。会員から募集するんですけど。それで、これはあの、賞を貰って来たんです」

叔父は隣りの部屋から小さなカップを持って来て、軸の下に置いた。

「これ、貰ったんです。商工会議所所長賞です。今年は西宮市の主催ですから、西宮の商工会議所です」

「いや、それはおめでとうございます」

「市長賞がいちばんええんです。次に市会議長賞、その次がこれです」

忙しかった代り、いい記念のカップが残った。

「これはこれで出さんならんし、それに老人会の旅行がありましたし、忙しいこってすわ」

どこへお出でになったんですかと妻が聞くと、岐阜の恵那峡という。

「あんな大きな岩ばっかりあるところ、知りませんわ」

「温泉はあるんですか」

「温泉はラジウムであんまりええことありませんけど。極く田舎です。まあ大きな、大阪城の石なんかとってもとっても足もとに及ばん、あれの二、三倍はある岩がいっぱいあるんです」

大阪城の石といえば相当なものである。その二、三倍はあるというと化物のような岩ではないだろうか。

「大したもんですわ。私、驚きました」

「それは宿屋のあるところから近いんですか」

「離れたとこです。朝早う起きて行きましたけど。上に小さな湖があるんです。そこまで二キロほどの間、岩ばっかりです。谷川に沿うて歩けるようになってるんですけど、両側がみんなそんな岩です」

それから運動会があった。これが十月中の行事のいわば大詰である。

「一昨日、済んだとこです。芦屋中の老人が参加するんですから、準備が大変なんです。するまでが。出る人の名前から種目から全部決めてゆかんならんので。しんどかったですわ」

「そうでしょうね」

「各町会、公平にするんです。どこの町会も人数を同じようにして。そうしないと必ず苦情が出ますから。やっと済んでやれやれです。十月はもう嫌になりました。毎日、用事があって」

あとは十一月十七日の「福祉大会」まで何も無い。それが済むと芋掘りがある。播州の八千代町までバスで何回にも分けて行く。それで今年の行事は終り、あとは新年会と初詣まで何も無い。初詣は必ず三社お参りすることになっている。毎年、行先を変える。

「もう勘弁して貰います。年も年やし、いつまでも役員してたら笑われます」

「でも、今年限りでやめさせて貰えるんでしょう」

「それが皆、嫌がって嫌がって、なり手が無いんです。適当やな思う方にお願いに行っても、身体がえらいとかいうてみんな断られます。仕方なしに選挙で決めることにしたら、また同じもんがやらされる。一遍したら、死ぬまでやらされます」

困りましたね、それはというと、

「その代り気が張るので、身体にはいいのかも知れません。病気してる閑が無いから。けど、もうあんまり長生きもええ加減なこってすわ」

叔父は笑った。

「この間も壺坂いうクリーニング屋が亡くなりました。須磨の小学校にいる時分の友達ですけど。靫から行ったでしょう、須磨の小学校へ」

「ええ」

「田舎ですから分校みたいなもんです。その時の同級生が私を入れて三人残ってたのが、今度、二人になりました。年いったらみんな死にますわ、次から次へと」

屈託のない声でいうので、のどかな話を聞いているような気持になる。

「もう一人の方は」

「須磨寺の住職さんです。それと二人になりました。亡くなったのはクリーニング屋さん、芦屋でいちばん大きな店です」

ここで妻は、菓子箱の蓋を取って、どうぞ、召し上って下さいといって叔父の前に差出した。ああ、これはこれは、いつも済みませんなあと叔父はいい、

「お先へ一つ頂きます。甘党やから」

栗羊羹を取って、

「あんさんもどうぞお上り。私、ほんとにこの甘いもんが好きで」

私たちにも食べるように勧めた。妻は新しくお茶を淹れてから、自分は饅頭を一つ取った。

「悦郎さんも近頃は甘党やから」

すると妻は、好子さんがお昼からお茶を点てに来て下さるそうですといった。それはよかったな、御一緒にお目にかかれて。そうですの、よかったわ。私たちは最初、悦郎さんがあんまり忙しいようなので、それなら坂田へ寄って玄関先で好子さんに挨拶だけさせて頂こうと話していたのであった。三月のお茶会でお目にかかったほかはいつも電話で話をするだけであったから。

昨日、悦郎さんと一緒に食事をしましたの、話が弾んでというと、

「そら、よかったですな。悦郎さんもなかなか面白いお方で。愉快なお方ですわ」

と叔父はいった。

それから妻は、週に一回しか来ない魚屋さんが今朝、お魚を持って来たので、叔母はいろいろ御馳走を作ってくれていると私に報告した。どうやら高砂の穴子だけではないらしい。手伝いますといったら、それよりあっちへ行って二人が話をしよいようにそばにいて気を附けて上げてといわれたという。

「この前、靭のことを申し上げましたけど」

叔父は広告のちらしの裏にボールペンで細々と書きつけたものを取り出した。

「あの前の話を思い出しましてね。ふっと思い出したもんですから」

どうぞお願いしますと私はいった。

「昔、中合せ帖いうのがあったんです。明治の前に出来た帖面です。年号は忘れましたけど、とにかく古い徳川時代のもんです」

それはどういうものかというと、靭に海産物の荷受問屋と仲買人が出来たが、荷受問屋に生産地から直接品物が入る、仲買人はここで入札をして値段を決め、地方あるいは市内の小売業者へ売るという規約である。当時、南北組というのがあって、そういう中合せ帖をこしらえた。荷受問屋は必ず産地の物を買付ける。仲買人は必ず荷受問屋から買う。荷受問屋は市内とか地方へ一切売ることならん。仲買人は産地から品物を一切引くことならん。その代り、売るのは市内で売ろうと東京で売ろうと自由。この規約に反した者は組合員を除外するという。

「古い年号ですけど。籾にまだそれが残ってたんです。私が初めてその申合せを破ったんです」

「叔父さんが」

「はあ。私が二十六の年です。家内貰う前です」

こんな旧弊なことしてたら商売は発展せんと勝手に自分で思って、産地へぱあっと行った。川口から船に乗って。昔はみなここから船に乗ったものであった。あそこに大阪商船の乗場があった。六日目に伊予の南宇和郡の西外海村へ行った。

「そこは亀節がようけ出来ます。この時分、静岡を除けたらここで全部出来るんです。土佐ものいうて。山ひとつ越えたら土佐です。私が二十六の年にぱあっと行ってね、全部買い占めたんです。その辺の村で出来るのを」

問屋でうんと口銭を取られているから、産地で買うと安い。どのくらい買ったか忘れてしまったが、かなりの数量であった。猿鳴村、西外海村、東外海村、あの辺、全部買い占めてしまった。そうしたら、大阪の問屋へ品物が一つも入らない。

大阪の鈴木が来て買っているという評判が立ったものだから大変。あれは仲買やのにそんなことしてる、除名やいうので、家から「カイモノヤメヨスグカエレ」と電報が来る。止めよといっても、もう買ってしまったものをどうにも出来ない。そうしたら静岡の、いまでも商売をしている㊇（まるはち）という人がすぐに飛んで来た。

「鈴木さん、分けてくれ。あっちが不漁やから。それ全部分けてくれ」

大阪へ持って帰ったらうるさい。㊇がここで買うたことにしたら、あんた、どうもない。私が買ったのではなくて、その人が全部買ったことにしてくれた。それでうんと口銭を貰って㊇に引き渡した。

戻って来たら、喧喧囂囂の騒ぎである。入札に行っても、うちの札を放ってしまう。鈴木は除名してるのやから、組合員やないという。親父が心配して、心安い人に相談に行った。こちらより二十くらい年上の人だが、この人が中に入ってくれて、「今後は一切しません」ということにして、荷受問屋が十二、三軒あったのを料理屋へ全部呼んだ。みんなの前で手をついて、

「私、えらい済まんことしました」

と謝まった。

ところが、それを境にみんなが産地へ行くようになった。めいめい勝手に買付けに行き出した。そこで、もうこんな古い申合せはやめようといって、新規に大阪鰹節問屋組合というのが出来て、自分が荷物を引いてどこへ売ろうとええやないかということになった。

「それが大正の中頃でした。また買ったら上るんです。第一次大戦の終ったあとで、鉄とか綿布類は大暴落しましたが、鰹節は反対によかったんです。土佐とか静岡方面に漁が少なかったためにうんと値が上ったんです、あの当時」

「鈴木さんのお父さんは伊予へ行くことを知っておられたんですか」

「親父は知らしません、須磨におったので」

「それじゃ、自分ひとりで考えて」

「一遍、伊予へ行って、この亀節、量が少ないからこれ買うてひとつ大儲けしようかと考えついたんです、自分で」

「大番頭さんは知っていたんですか」

「一番番頭も二番番頭もみなおりましたけど、私がこうしようか思うんやけどと話したら、ぼんち、行ってらっしゃい、あとは引受けますいうてくれたもんですから。店の者にはいうて行ったんです。若い時分は元気で面白かったですわ。今はもうなかなか」

叔父はそういって笑った。

「あれはいちばん面白かったですわ。その代り、帰って来て、みんなの前で手ついて謝まる時は嫌でした。謝まるの嫌でしたから。ほんとに私、嫌でしたわ」

お前、組合にこういう申合せあるの知らんのかといわれた。実際、知らなかった、そんな難しい申合せがあるということは。徳川時代のものを大正時代まできちっと守っていたわけ。

「川口から乗ったのはどんな船ですか」

「小さい船でした。神戸を出たら港々へ着けて行くんですわ。伊予なんかあの西の端をずうっとまわって行くんですから閑がかかりました。便利が悪かったです。退屈してしもうて。将棋なんかやってる人はいいけど、こっちは見てるぐらいで。寝て雑誌を読むぐらいですから」

その時分は産地の人はみな荷受問屋へ入れていた。それぞれ専門のところへ持って来る。日向あたりの原木を扱う人だと同じ船にいろいろ積んで来て、原木は横堀の材木屋へ持って行く、海産物は靭とか新町へ持って行く、米は堂島の倉庫へ入れるというふうにしていた。みんな、そうしていた。船でどんどん来た。こちらも五島あたりへ行くと、買った品物は船を傭って全部持って来た。まだ三十四、五くらいまでそうやっていた。

五島方面へ行くのは便利が悪かった。長崎までは汽車で行くのだが、夜、船が出る。それも天候が定まらなかったら船が出ない。福江へ先ず着いて、それから次々と各島をまわる。削り節の原料になるウルメがある。その製造法を島の人は知らない。

「どんなにして製造するんですか、鈴木さん」

窯をこういうふうに築いてするんやといって教えた、行く先々で。散歩していても、

「あ、都の人、来はる」

といって、親が連れている子供の頭を手で下げてお辞儀をさせる。

「素朴やったです。あの時分は、五島方面は」

そこまで叔父が話したところでお昼御飯になった。座敷の机の上には、高砂の焼き穴子、鱸のおつくり、胡瓜もみ、高野豆腐と椎茸ときぬさやの焚合せ、あとから鱸のお澄し。梅酒の水割りも出て、先ず乾盃をする。お昼に頂くのは勿体ないような御馳走であった。

「ちょうどお魚屋さんが朝早う来たので」

と叔母。

「週に一回しか来ないの。それがちょうど今朝、来たの。新しい魚を持って来る人なの」

「どこから来るんですか」

「明石です」

胡瓜もみがまたうまい。鉢に盛ってあるのだが、何度も皿に取る。ちりめんじゃこのほかに胡麻もどっさり入っているらしい。妻が作り方を聞くと、胡麻を油の出るくらい擂るのがこつよと叔母がいう。叔父は薄くした梅酒で顔が少し赤くなった。

「ほら、もうこんなに赤うなって。お酒はあきませんの」

「全然お上りになりませんか」

「寝しなに葡萄酒か養命酒を飲むんです、ほんの少しですけど。あれ飲むとぐっすり眠れます。

家内は晩酌するんです」

晩酌といっても、小さいコップに半分くらい、冷やで飲む。その代り、お酒は特級酒。私は羊羹があっても飲めるのというから、酒好きというのとはまたちょっと別らしい。

「私、お酒がいけないので弱りました」

と叔父。

「初めて枕崎へ行った時、勧められて、知らずに飲んだんです、焼酎いうこと。そうしたら、宿へ帰る道が分らんようになって、へたばってしまったことがあります、途中で」

それからは焼酎は飲めないというと地酒を出してくれた。その地酒が田舎のことだから強い。宴会が済んだら、みんな芸者とどこかへ二次会に行くが、こちらはひとり寝ている。

「あの時分、夜行で行くでしょう。ちょっと飲むとよく眠れるんです。ここから行ったら下関で夜になる。鹿児島にしても長崎にしても日向にしてもみんなそれでした。必ず夜行に乗ってました。一合瓶買うて、半分だけ飲んで寝てしまうんです。よう眠れました」

産地へ着くと、昼間工場を見に行く。鰹節を製造しているところを先ず見せて貰う。いい工場は職人も違う。ちょっと人を見ただけで分る。次に倉庫で品物を見る。われわれの間で「かびつき」というが、かびの良い悪いを見る。恰好の上手下手、乾燥の具合も見る。ちょっと叩いてみたらこれはよく乾してある、これは七分乾きやというのが分る。……

叔母は私たちのために小豆御飯を焚いてくれた。いわれるまで気が附かなかったが、それは玄米の小豆御飯である。あとで妻から聞いたのだが、はじめ土産物を渡しに台所へ行った時、叔母は、

「今日はいいものを食べて貰おうと思ってね」

といって、湯気を立てている大きい釜を指した。何ですかといったら、

「玄米よ。黙って出すの、小豆御飯といって。分らないから。見ててごらん」

その通りになった。糯米だと思っていたが、そういわれてみると違う。叔父夫婦がいつから玄米にしたのか、尋ねてみないから分らないが、最近のことではなさそうである。いずれにしても叔母の心尽しの小豆御飯をおいしく頂戴する。

食事を終って、叔父と私はふたたび縁側の椅子へ移った。叔母は謡を教えているが、最近、習いに来る人が多くなったので、週に二日、稽古日を取るようにしたという。一方、叔父は老人会で画を教えてほしいという人がいて、月に二回、第一と第四の火曜日に俳画を教えている。

「私、教えることは出来ないけど、ご一緒に楽しみましょういうて」

「何人来られるんですか」

「この頃、七人になりました。一回ごとにみんなに一枚ずつ手本をかいて上げるんです。みな、それを手もとに置いとかんとかけないので。みんな上手になりはりました。早い人はなかなか

上手になって。今年の二月から始めました」

それからまた鰹節に戻って、ひょっと見てこれはどこの物か分るのは十年かかる、十年かからないと見分けがつかない、品質の良し悪しは五、六年したら分るということから、よく徳島県や高知県から品評会の審査員を頼まれて行ったという話になった頃、玄関の戸が開いた。暫く間を置いてから叔母さまという声が聞えた。

「好子さん。さあ、こっちへ来て」

と叔母。

黄色のブラウスに茶色のスカートの好子さんが縁側から入って来るまでに少し間があった。多分、玄関で家から持って来たお茶の道具と手土産の品とを分けて、もう一度、風呂敷に包み直していたのかも知れない。縁側の手前に坐った好子さんはみんなの方へ挨拶をした。私たちは悦郎さんに格別忙しい中を繰合せて頂いたお礼をいう。好子さんも昨日はまたいろいろとお心入れを有難うございますと丁寧な礼をいわれる。それから叔父に運動会はいかがでございましたかと聞く。

私たちは好子さんからお菓子の箱を頂いた。それから半紙の小さい包みを取り出すと、その上に載せて前に置いた。

「何か無いかと思って簞笥を探しましたら、お祖母さんの羽織の端切れが見つかりましたので、それでこしらえたんですけど」

見せて頂いてもいいですかと妻が聞いて、開けてみると、中から刺繡をした紙入れが出て来た。

「まあ、立派なものを」

「いいえ、どないでしょうか」

「何よりの物を頂いて」

妻が私のところへ持って来た。なるほど、これは華やかなものである。いま、仕上ったばかりのように見える。

叔父も一緒に覗き込んで、

「よろしいな」

「お祖母さんに私、ちょっと頂いたもんですから。お祖父ちゃんの連合いのお祖母さんです」

と叔父の斜めうしろに坐ったままの好子さんがいった。

「羽織を」

「はあ。私が形見に貰いまして、それに端切れが附いてるんです。心斎橋に小大丸いう店がございまして、そこで誂えはったんやそうです。特別に刺繡さしたとか。それを頂いていまして、何かちょっと役に立つものと思って」

「この鳥は」

といいかけると、叔父が、

「鳳凰でんな。いちばん派手なもんですわ」

「可愛い顔をしていますね。それで、この鳳凰が全部附いているのですか」

「いえ、肩のところとお袖のところとに。お正月に着るんですけど。高価な刺繍だから大事にいうてお祖母ちゃんから頂いたんです。簞笥見たら、この端切れがありましたので、作りました。ティッシュ・ペーパー入れです」

「ほんとに立派なものを頂いて」

と妻。

「手製でえらい失礼ですけど、ふだんにお使い頂いたら。これ、もうティッシュ・ペーパーが入っておりますので、そのままお使い下さい」

「もうこの端切れは無いの、好子さん」

と叔母。

「ございます。叔母さまにも作って来ます」

「私は切れのまま頂戴。額に入れるから」

さあ、中へ入ってといわれて、ここでやっと好子さんは立ち上り、玄関から座敷へまわる。

それからすぐにお点前の支度をした。叔母は抹茶茶碗を二つ、出して来る。好子さんは来がけに私たちが寄った、駅のそばのしっかり者のおばあさんと若奥さんのいる店でお菓子を買ったらしい。叔母にいわれて小皿に載せたものを一つずつ、妻が縁側の椅子にいる叔父と私のところへ運んで来たのを見ると、こちらはさっき叔父が食べた栗羊羹、向うは薄い緑の饅頭である。

「これは二つともお嫁に来る時、坂田で揃えて貰ったお茶碗よ」

と叔母。

「まあ、そうでございますか」

黒の方は叔父へ、茶色のは私へ来る。一服頂いて、叔父は、

「おいしいですな」

という。

好子さんがお茶を点てる手つきの柔いのに驚いた。ちっとも力を入れていないように見える。あとで私たちは話したのだが、妻もすっかり感心していた。私みたいに力任せに掻きまわさないんですねといった。

「お茶碗は沢山持っておられるんですか」

と叔父に聞くと、

「いえ、ええのは無いんです。お茶やってる友達が多かったので、その連中はよう買うてまし

たけど。こっちは商売の方へ金入れて。私ら四十ぐらいの時でしたけど、あの時分、安かったですわ、こんな茶碗でも。ちょっと買うといたらよかったんですけど、いまから思うたら」

座敷の方では（これもあとで妻から聞いたのだが）、戻って来た茶碗の片方を見て、

「叔母さま、これは丹波焼ですね」

と好子さん。

叔母が、そう、知らないわとというと、好子さんは黒い方の茶碗の裏を妻に見せて、確かめるように、

「ここに、た、ん、ばと書いてございますね」

といった。

なるほどそういわれてみると、たんばと彫ってある。茶色の方は、

「これは膳所焼らしいですね」

といい、

「叔母さま、ここのところブラシで洗いはったらきれいになります」

洗う真似をしてそういった。

叔母は別の茶碗を二つ出して来て、これは新しいのだけど一遍使って上げてといい、それでまた好子さんが点てる。何しろ手際がいい。お茶の稽古の話になった。妻がいつ頃から習って

おられたんですかと聞いてみると、結婚するまではお裏を習っていたという。ところが坂田は表なので、阪急の六階に茶室があって、そこへ習いに行くようにいわれた。坂田では毎月十一日が釜日で、その日は朝から家へ見える方にみなお茶を差上げることになっている。

　これまでは生島さんか正夫さんがその役を受持っていたが、お祖父さんとしては早く好子さんに点前をしてほしい。客の方も若御寮人さんのお点前で一服頂きたいという気持がある。

（これは叔母がいった）それでお昼御飯を食べて後片附けをしてから阪急へ行く。お稽古をして、帰りに夜のおかずを買って帰る。戻ったら、お祖父さんとお祖母さんが待ち構えていて、

「今日はどんなお道具だす。お棚飾りは」

と聞かれる。

だから、電車の中でノートを取って、それを覚えておいて答える。とても全部は覚えられないが、向うでよく知っておられるので、これとこれといいかけると、

「ああ、あのお棚やな」

と分ってくれた。二服目がみんなに一通りまわる間にそんな思い出話が出る。

こちらの話題は靫中通一丁目の鈴木商店、∧久の店。

「表が間口三間半です。表から奥まで二十四、五間ありました。いちばん奥に倉庫が二つあって何でも商品を入れてあるんです」

通り土間が裏手まで続いている。ここを荷物の出し入れに使う。荷造りにも使う。十貫ずつ担いで往復する。店の者が全部（主人の鈴木さんも）出したり入れたりする。日に何遍往復するか分らない。お客さんもここを出入りする。商品を見に倉庫まで行って貰うので、日に何回となく通る。だから夏でも家内なんか襦袢一枚になれない。すぐ横をしょっちゅう、

「こんにちは」

といって通るから。

表が店で、その次が十畳の間。毎晩、食事のあとでこの部屋へ集まって「帳合い」をする。みなそれぞれ受持がある。売掛けは売掛け、仕入れは仕入れと決まっている。みんな帳簿を持ち寄って、それを自分が見る。こうしておけば一月たつときちんと分る。

「親父が喧しういうて、月々、きちんとせないかんいうて」

鰹節問屋は盆前と正月がいちばん忙しい。そういう時がよく売れる。まだおまけが附いていて、鰹節を磨かなくてはいけない。夏は何でもない。冬が辛い。かびを拭いてしまって、束子でこすって艶を出す。これを小売屋さんが忙しいからやってくれという。

「本当のサービスです。値段決まって、買って貰うことになってから、やるんですから」

名古屋から東はかびのままで売る。名古屋から西はみんなそうする。それが一日の仕事を片附けて晩御飯を食べて、普通ならやれやれという時に始める。寝るまでする。たいがい十一時

くらいまでかかる。

「寒い時はえらいです。茣蓙の上でするんですけど、本当にえらかった。私も一緒にやります。小僧も番頭もみんな一緒ですわ。手伝わんのは女中さんくらいです。女中さんは夜食作ったりせんならんので。みな文句いわんとようしてくれました、昔の人は」

そこで叔母が冷蔵庫に冷やしてあったマスカットを出してくれた。一人ずつ硝子の皿に載っているのが渡る。それを奥から持って来る時、叔母は唱歌を口ずさむように、

「嬉しい、嬉しい、楽しい日で」

といった。

庭先には日が照り、縁側と座敷の二手に分れてなおも話は続けられる。こちらで叔父が、店と「帳合い」をする部屋、それに勝手元は電燈がついていたけれども、座敷の離れなんかはランプで、お客さんが見えたら大きなランプをつけて御飯を食べて貰ったりしていた、電燈といってもその時分は十六燭光くらいがいちばん明るいので、「帳合い」する部屋だけそれをつけていた、ここが暗いと目が悪くなるのでと話していると、あちらでは叔母の、

「生き甲斐が要るのよ。二つも三つも要らないの。一つあればいいのよ」

という声が聞える。その生甲斐とは謡のことらしい。どうやら後でうたってくれるつもりらしく、机の上に稽古本が一冊、ひろげたままにして置いてあった。

著者ノート

淀川の水

単行本になった「水の都」を本棚から久しぶりに取り出して、この小説を「文藝」に連載した当時のことやそれが自分の仕事のなかでどういう意味を持っていたかを振り返ってみたい。連載の第一回を書こうとしていた頃からやがて六年になる。十年ひと昔というそのひと昔にはまだ少し早いが、みるみるうちにひと昔の方へと遠ざかって行く。先ず「あとがき」を読み返してみよう。

「水の都」は昭和五十二年六月より翌年二月まで九回にわたって「文藝」に連載された。どういうふうに続いて行くものやら（また続かないものやら）見当がつかないままに始めた小説に、ともかくも一つの纏まりが得られたのは、作中に登場して商家の日常の細部と大阪らしい気分を通じて楽しい活気を与えてくれた人たちの力による。

この小説の舞台であり同時に主役でもある大阪の街と何らかのつながりのある読者ばかり

でなく、これまであまり縁の無かった人にも新たな理解と親しみをもたらすきっかけとなってくれると嬉しい。
「あとがき」を書こうとしていたら、「ロンドンに飽きた人は人生に飽きた人だ」という言葉が浮んだ。一回目の最初に名前の出て来る、イギリス十八世紀の文人サミュエル・ジョンソンの言葉だが、味わい深い。なお、「曽根崎心中」からの引用は、黒木勘蔵校註の改造文庫（昭和五年・改造社）による。

あとに、昭和五十三年三月と日附が入れてある。（奥附の初版発行の日附は四月二十六日）
いろいろ気が附くことがあるが、サミュエル・ジョンソンがその一つ。書出しの部分に、高麗橋で茶道具屋をしていた「悦郎さん」のお祖父さんが親戚中から頼りにされていて、何かあった時は先ずこの人の意見を聞いてみようということになったと妻がいうと、
「なるほど。ジョンソン大博士のような人であったのか」
と私——作中の「私」だが、いま、これを書いている著者の私よりもまだ六つ若かった「私」と思って頂きたい——がよけいな半畳を入れるところがある。その一回きりなのだが、この「ジョンソン大博士」は今は亡き福原麟太郎さんがジョンソン伝を著わした時の書名を取ったのだから、厳密にいえば「ヂョンソン大博士」でなくてはいけない。（福原さんはd_3の音

は「ヂ」と写す習慣を守っておられた。「ロミオとヂュリエット」、ケイムブリッヂ大学のように）私がドクター・ジョンソンに興味を持つようになったのは、福原さんの『英文学小論』（昭和三十三年・吾妻書房）という本の中で「ヂョンソン博士の話」と「ボズウェルの『ロンドン日記』」を読んだのが始まりであった。この人がどんな時にどういうことをいったかというのは、すべて福原さんのお書きになったものから学んだ。「あとがき」にしるした言葉も、「ヂョンソン博士の話」に出て来る。

この人間的な文豪はロンドンが好きでありました。「ロンドンにあきた人は、人生にあきた人だ」ということばは有名であります。この人は、人生の種々の変転を眺め、自分もそれを経験しながら、それを味っては自分の知慧を深めて暮していった人であろうと思います。

そんなわけで「水の都」の「あとがき」に何を書けばいいか、思案しているうちにふっとジョンソン大博士が出たのだろう。もう一つ、福原さんを敬愛していた吉田健一さんが、大阪はどこよりもロンドンに似ているという意味のことをいったのを読んだ記憶があって、それがひょっとすると大事な役割を果しているのかも知れない。中之島のホテルの窓から堂島川の水の面を見下したり、大江橋の上に立って中之島公園の方を眺める時、英語を母国語のように話した吉田健一のこの言葉を何度となく思い浮べた。そうして、これがロンドンなんだなと、テムズ河もウォータールー橋も国会議事堂のビッグ・ベンの時計塔も見たことの無い夫婦が頷き合って、誇らしいような気持になった。

「水の都」ははじめにいったように五十代の半ばを過ぎかけた時の作品だが、文芸雑誌に小説が載るようになって二十年以上になるのに、それまで一度も大阪を書いてみようとしなかったのはどうしてだろう。小学生の頃の話なら短篇がいくつかある。中学時代も一つくらいある。だが、どれも生家のあった帝塚山のことで、いわゆる大阪ではない。ことさらに大阪を避けようとしたわけではなく、ましてや一生書かないと決めたわけでもないのに、ひとりでにそうなった。おそらく自分が生れ育った郊外の、私立学校と一緒に大正の初期に始まった住宅町には、大阪の街なかの市井の匂いといったものが全くといってもいいほど欠けていたせいだろう。また、私の両親が大阪人でなく阿波の徳島育ちであったこととも無関係ではない。「帝塚山界隈」(昭和三十八年)という随筆に次のような一節がある。

「私が幼稚園へ行くようになったころ、近くに家を建てて引越して来た家が、昔から大阪にいる人で、この家に私と同じ年恰好の男の兄弟がいた。私たちはすぐに仲よしになった。その家の女中が、下の男の子のことを『こぼんちゃん』と呼んでいて、それが物心ついてから初めて心にとまった大阪の言葉であった」

それに続いて、もし自分が町なかに住んでいたなら、もっと早く、もっと上手に大阪風な言葉をしゃべり、大阪風な感覚を身につけるようになっただろう、今でも私は大阪の風習や言葉で知らないことがいっぱいあるといったあとで、

「よく知らないままに東京へ来て住むようになったので、結局どこのこともよく知らず、自分は浮き草のようなものだと思うことがある」

と書いている。浮き草とは悲観的な言葉を口にしたものだが、この随筆を書いたのが母が亡くなって七年たち、両親ともにこの世にいなくなったので、つい大阪へ帰るのが間遠になりがちなのをいくらか心淋しく思っていた時期であったからだろう。

私の心に、大阪に生まれながら大阪をよく知らないまま関東へ来てしまったという、悔いとはいえないが、いくらか悔いに似たものがあったのは確かだ。今更そんなことをいったところでどうにもならない。身すぎ世すぎの文筆生活は自分が選んだ道なのだから、何とか成り立たせるように努力してゆかなくてはいけない。

この随筆のはじめに書かれている、

「私は大阪で生れたが、家があったところは名前は市内でも南のはずれの方で、大阪らしい空気の濃い市中の生活を知らずに大きくなった」

という気持は、目立たないままその後もずっと続いていたらしい。それが十数年たって、

「水の都」の書出しの、

必ずしも商家に限らないが、古い大阪の街なかの空気を吸って大きくなった人に会って、いろいろ話を聞いてみたらどうだろう。

おじいさんかおばあさんのいる家なら、なおいい。

につながった。連載が完結した翌月の「文藝」に阪田寛夫との対談「大阪」が掲載されたが、そのはじめの方にこんな個所がある。この小説が妻の従弟の「悦郎さん」の話を聞いてみたらどうかと考えて、先のことは全くどうなるか分らないで始めたのはここに書いてある通りだが、自分の気持のなかに下地になるものはあった。大正の半ばごろに大阪に生れて約三十年、そのあと東京と神奈川に住む。大阪にいた年数にはまだ足りないが、だんだんそれに近づいて来ている。そういう時に生れ育った大阪を自然に振り返ってみたくなる。それも自分のよく知らない船場を中心とした町なかの商家の生活に対する新鮮な好奇心が起って、知らないとはいえ町の名にせよ橋の名前にせよ、小さい時分から馴染があるわけで、その懐しさと好奇心の混り合ったものをただ一つの頼りにして始めてみた小説ですと、私と同じ帝塚山の小学校の卒業生であり、戦後、中之島にあった放送会社で机を並べて仕事をしていた同僚でもある阪田寛夫に向って作品の動機（あるいは主題）について話している。

「水の都」の連載は、先行きどうなるのか分らないままに開始したのだが、いろんな偶然に助けられて進んで行った。いちばん大きかったのは、一回目に中之島のホテルで「悦郎さん」に会った時、奥さんの妹の子供を養女にしたお披露目の茶会を三月下旬にするから、来てくれるのだったら案内を差上げますといわれたことだ。私と妻が「悦郎さん」に会いに行くのを思いつくのが一年早くても一年遅くてもこんなふうにはならなかった。この雛のお茶会が、出来れば四季というものを物語の背景というより中身にしたいと願っていた作者にとって幸運であったのはいうまでもない。主な登場人物はもとより、いろいろな場面で大阪らしい愉快な活気を振りまいてくれた傍役の人たちにも改めて感謝したい。終りに単行本が出た翌年の五月、妻を伴なってロンドンを訪問したが、ほぼ同時に神戸の物語である「早春」の連載が始まり、淀川の水が神戸からロンドンへとつながって行ったことを附加えておきたい。

P+D BOOKS ラインアップ

三匹の蟹　大庭みな子　●愛の倦怠と壊れた〝生〟を描いた衝撃作

冥府山水図・箱庭　三浦朱門　●〝第三の新人〟三浦朱門の代表的2篇を収録

虚構の家　曽野綾子　●〝家族の断絶〟を鮮やかに描いた筆者の問題作

地を潤すもの　曽野綾子　●刑死した弟の足跡に生と死の意味を問う一作

プレオー8の夜明け　古山高麗雄　●名もなき兵士たちの営みを描いた傑作短篇集

白球残映　赤瀬川隼　●野球ファン必読！胸に染みる傑作短篇集

P+D BOOKS ラインアップ

ソクラテスの妻	佐藤愛子	● 若き妻と夫の哀歓を描く筆者初期作3篇収録
女優万里子	佐藤愛子	● 母の波乱に富んだ人生を鮮やかに描く一作
黄昏の橋	高橋和巳	● 全共闘世代を牽引した作家〝最期〟の作品
堕落	高橋和巳	● 突然の凶行に走った男の〝心の曠野〟とは
生々流転	岡本かの子	● 波乱万丈な女性の生涯を描く耽美妖艶な長篇
長い道・同級会	柏原兵三	● 映画「少年時代」の原作〝疎開文学〟の傑作

P+D BOOKS ラインアップ

居酒屋兆治　山口 瞳
●高倉健主演映画原作。居酒屋に集う人間愛憎劇

血 族　山口 瞳
●亡き母が隠し続けた私の「出生秘密」

家 族　山口 瞳
●父の実像を凝視する『血族』の続編的長編

血涙十番勝負　山口 瞳
●将棋真剣勝負十番。将棋ファン必読の名著

続 血涙十番勝負　山口 瞳
●将棋真剣勝負十番の続編は何と〝角落ち〟

夢の浮橋　倉橋由美子
●両親たちの夫婦交換遊戯を知った二人は…

P+D BOOKS ラインアップ

城の中の城　倉橋由美子　●シリーズ第2弾は家庭内〝宗教戦争〟がテーマ

アマノン国往還記　倉橋由美子　●女だけの国で奮闘する宣教師の「革命」とは

青い山脈　石坂洋次郎　●戦後ベストセラーの先駆け傑作〝青春文学〟

水の都　庄野潤三　●大阪商人の日常と歴史をさりげなく描く

抱擁　日野啓三　●都心の洋館で展開する〝ロマネスク〟な世界

花筐　檀一雄　●大林監督が映画化、青春の記念碑作「花筐」

P+D BOOKS ラインアップ

人間滅亡の唄　深沢七郎　●"異彩"の作家が「独自の生」を語るエッセイ集

岸辺のアルバム　山田太一　●"家族崩壊"を描いた名作ドラマの原作小説

楊梅の熟れる頃　宮尾登美子　●土佐の13人の女たちから紡いだ13の物語

記憶の断片　宮尾登美子　●作家生活の機微や日常を綴った珠玉の随筆集

幼児狩り・蟹　河野多恵子　●芥川賞受賞作「蟹」など初期短篇6作収録

ウホッホ探険隊　干刈あがた　●離婚を機に始まる家族の優しく切ない物語

P+D BOOKS ラインアップ

ヘチマくん	遠藤周作	● 太閤秀吉の末裔が巻き込まれた事件とは?
フランスの大学生	遠藤周作	● 仏留学生活を若々しい感受性で描いた処女作品
春の道標	黒井千次	● 筆者が自身になぞって描く傑作"青春小説"
黄金の樹	黒井千次	● 揺れ動く青春群像。「春の道標」の後日譚
快楽(上)	武田泰淳	● 若き仏教僧の懊悩を描いた筆者の自伝的巨編
快楽(下)	武田泰淳	● 教団活動と左翼運動の境界に身をおく主人公

P+D BOOKS ラインアップ

（お断り）

本書は１９８３年に河出書房新社より発刊された文庫を底本としております。
あきらかに間違いと思われるものについては訂正いたしましたが、
基本的には底本にしたがっております。
また、底本にある人種・身分・職業・身体等に関する表現で、現在からみれば、
不当、不適切と思われる箇所がありますが、著者に差別的意図のないこと、
時代背景と作品価値とを鑑み、著者が故人でもあるため、原文のままにしております。

庄野潤三（しょうの じゅんぞう）
1921年（大正10年）2月9日―2009年（平成21年）9月21日、享年88。大阪府出身。1955年『プールサイド小景』で第32回芥川賞を受賞。「第三の新人」作家の一人。代表作に『静物』『夕べの雲』など。

水の都

2018年11月13日　初版第1刷発行
2023年7月12日　第3刷発行

著者　庄野潤三
発行人　石川和男
発行所　株式会社　小学館
〒101-8001
東京都千代田区一ツ橋2-3-1
電話　編集　03-3230-9355
販売　03-5281-3555
印刷所　大日本印刷株式会社
製本所　大日本印刷株式会社
装丁　おおうちおさむ（ナノナノグラフィックス）

ISBN978-4-09-352350-9

P+D BOOKS